AF202453

www.tredition.de

IRENA BURK

***

SONNTAGS

-

Das erste Jahr ohne Waldemar

www.tredition.de

© 2019 Irena Burk

Verlag und Druck:
tredition GmbH, Halenreie 40-44, 22359 Hamburg

ISBN
Paperback: 978-3-7482-7574-9
Hardcover: 978-3-7482-7575-6
e-Book: 978-3-7482-7576-3

Das Werk, einschließlich seiner Teile, ist urheber-rechtlich geschützt. Jede Verwertung ist ohne Zu-stimmung des Verlages und des Autors unzulässig. Dies gilt insbesondere für die elektronische oder sonstige Vervielfältigung, Übersetzung, Verbreitung und öffentliche Zugänglichmachung.

Ich war erst 16 Jahre alt, als ich meinen späteren Ehemann Waldemar kennenlernte. Knapp 40 Jahre lang waren wir ein Paar, als Waldemar kurz vor Weihnachten 2017 einem Krebsleiden erlag. Zweieinhalb Jahre zuvor war er daran erkrankt und fortan waren Angst und Hoffnung unsere ständigen Begleiter. Gemeinsam haben wir gekämpft und dem Leben trotzdem eine gewisse Qualität abgerungen. In der ersten Zeit der Trauer habe ich begonnen, über mein Leben zu reflektieren und es in Momentaufnahmen festzuhalten. Daraus ist eine sehr persönliche Biografie über Leben, Liebe, Freundschaft, Katzenliebe, Krankheit, Tod und Trauer entstanden. Kurze Geschichten, die den Umgang mit dem Verlust, dem Schmerz, der Einsamkeit und den alltäglichen Situationen widerspiegeln. Letztendlich waren aber Dankbarkeit und Demut die eigentlichen Triebfedern, die mich sonntags zum Schreiben inspiriert haben.

Für Waldemar

in Liebe und Dankbarkeit

Eingefroren

Heute ist Frühlingsanfang und es schneit. Das passt zu meinem Leben. Die Aussicht auf hellere, wärmere und buntere Tage im Keim erstickt durch Eis, Schnee und Kälte. Meine Gefühle und mein Handeln sind erfroren und es fällt mir schwer, diesen Zustand aufzutauen. Da hilft es nur wenig, das Teelicht, das unter Waldemars Bild steht, anzuzünden, auch wenn der Schein der Flammen die Engelsfiguren, die daneben stehen, tröstlich erscheinen lässt. Seit 13 Wochen entzünde ich jeden Morgen das kleine Lichtlein, um ihm nahe zu sein.

Unser Kater Pauli ist auch in mieser Stimmung. Mit fassungslosem Blick auf den verschneiten Garten zieht er Katzenklo und den Rückzug ins warme Bett vor. Manchmal beneide ich ihn. Einfach wieder hinlegen, schlafen, erst nachmittags wieder aufstehen, fressen, Streicheleinheiten genießen und vielleicht doch ein kleiner Rundgang im Garten, um dann wieder auf der Couch zu kuscheln. Schönes Leben und ich gönne es ihm, weil ich ihn liebe.

Noch einen letzten Kaffee, bevor ich mich vom Frühstückstisch erhebe, um etwas zu arbeiten. So nenne ich meine Hausarbeit und das Regeln des Nachlasses. Beides sind Lebensaufgaben wie es scheint und Letzteres raubt mir zeitweilig den Verstand. Heute habe ich in der Tageszeitung gelesen, dass Resilienz die Fähigkeit ist, belastende Situationen, Rückschläge und Veränderungen durch Rückgriff auf persönliche Ressourcen zu meistern. Eigentlich verfüge ich über diese Kompetenz, die mir bislang Stärke und Kraft gebracht hat. Allerdings stellte mich das Schicksal immer wieder auf harte Proben und ich wuchs daran. Jetzt habe ich aber Angst, an meinem Leben zu zerbrechen, ohne Liebe, Zärtlichkeit und Nähe. Kein Feedback, keine Diskussionen und Gespräche. Alles weg. Tot!

Seit fast 40 Jahren habe ich das alles mit Waldemar geteilt und bin daran gewachsen und auch erwachsen geworden. Ich war gerade noch 16, als wir uns kennenlernten und ich dann eine Frau geworden bin. Jetzt bin ich eine einsame, reife Frau und irgendwie habe ich das Gefühl, als wenn ich von zu

Hause ausgezogen wäre und meine erste eigene Wohnung hätte. Die Verantwortung für alles alleine zu übernehmen wird zur täglichen Herausforderung. Ich dachte immer, ich hätte alles im Griff, aber Trauer, Schmerz und Verlust sind so erdrückend und lähmend zugleich. Auch wenn sich mein Leben gerade wie eingefroren anfühlt, so hoffe ich doch auf den nächsten Frühling in meinem Leben.

Geschichten

Ostern steht vor der Tür. Eigentlich wollte ich eben noch Kräuter für meine Grüne Soße schneiden, doch meine Gedanken sind noch bei der gestrigen Trauerfeier vom Palliativ Care Team, die mich wieder total runtergezogen hat. Sehr würdevoll und sehr emotional, was im Klartext heißt: ein Meer voller Tränen und eine Kirche voller trauriger Menschen. Der ganze Schmerz, die Hoffnungslosigkeit und der Verlust kamen in geballter Form gnadenlos zurück. So stolz war ich auf mich in den letzten Wochen seit Waldemars Tod gewesen und in vielerlei Hinsicht von Dankbarkeit erfüllt.

Viele Freunde, Bekannte, Nachbarn und Vereinskameraden haben nachgefragt, wie es mir geht und ob sie etwas für mich tun könnten. Einige haben mich besucht und oftmals musste ich sie trösten. Allerdings haben wir auch gemeinsam Trost in den Geschichten, die mit „Weißt du noch ..." begannen, gefunden, gelacht und geweint.

Wie soll es mir gehen? Frage ich mich selbst und die Antwort lautet: Beschissen!

Ich kämpfe mich gerade in ein neues und sehr einsames Leben.

Zum Glück bin ich von Natur aus eine Kämpferin und manchmal auch Revolutionärin. Wenn ich falle, stehe ich wieder auf, richte meine Krone und gehe hocherhobenen Hauptes weiter. Aufstehen ja, aber die Krone sitzt etwas schief und der Kopf ist noch gebeugt ...

... gebeugt über Briefe, Schreiben, Rechnungen, Listen und über mein Smartphone. Mein mobiles Universum, wie ich es nenne. Es ist Segen und Fluch zugleich. Ich habe wieder angefangen zu lesen und es entspannt mich. Als Waldemar krank wurde habe ich mir einen E-Book-Reader zugelegt, immer in der Handtasche dabei, um die vielen Stunden Wartezeit während der Chemotherapien, Bestrahlungen und nach den Operationen zu überbrücken. Es war ein oberflächliches Lesen und jetzt genieße ich wieder die Geschichten. Ich liebe Geschichten, Geschichten vom Leben, auch wenn sie so traurig sind wie meine eigene. Unser Leben verläuft nicht immer fröhlich, bunt und leicht, aber vor allem niemals perfekt.

Die Grüne Soße wartet und ich warte immer noch auf den Frühling, nach einem sehr
langen, kalten und harten Winter.

Entscheidungen

Der erste Urlaub ohne Waldemar steht an und gemischte Gefühle kämpfen in mir. Einerseits freue ich mich auf den Tapetenwechsel und andererseits bin ich sehr besorgt, dass die lange im Voraus geplante Flusskreuzfahrt auf der Donau eine Herausforderung in vielerlei Hinsicht zu werden scheint. Diese Reise war das Geburtstagsgeschenk für Mama zum 80. Geburtstag. Jetzt ist sie krank und muss die Reise im Rollstuhl antreten. Wir sind emotional alle am Limit und das ist keine gute Voraussetzung, eine Reise anzutreten, und birgt ein hohes Stresspotential. Normalerweise bin ich gut organisiert und auch strukturiert, aber aktuell mit angezogener Handbremse unterwegs. Meine Reisebegleiter sind Trauer, Angst, Sorge und die Hoffnung, dass es Mama besser gehen wird und wir alle die Zeit mit ihr genießen können. Es wird in Zukunft sicherlich nicht mehr viele dieser gemeinsamen Reisen geben und wir müssen lernen, damit umzugehen. Waldemar hatte sich so sehr auf die Flusskreuzfahrt gefreut und jetzt versuche ich es ihm ein wenig nachzutun, aber es gelingt mir nicht. Also werde ich versuchen, alles auf mich zukommen zu lassen und die Dinge zu akzeptieren.

In den letzten Tagen vermisse ich Waldemar sehr und mir fehlen unsere vielen kleinen Alltagsrituale und seine körperliche Nähe und das Gefühl der Sicherheit und des Geliebtwerdens zu spüren. Immer mehr realisiere ich, dass meine Liebe tatsächlich gestorben ist. Alles, was gerade um mich herum passiert, dämpft den Schmerz über diesen Verlust und es bleibt wieder diese lähmende Traurigkeit. Die Trauer verändert meine Persönlichkeit, mein Denken und mein Handeln. Vieles muss ich alleine entscheiden, erledigen und oftmals plagen mich Zweifel, das Richtige zu tun. Eine dieser wichtigen Entscheidungen ist es, Waldemars geliebtes Auto unserem Kind zu überlassen. Ich wünsche mir, dass es dieses Geschenk würdigt und in Ehren hält. Das Auto ist ein wahres Schätzchen und heiß begehrt als sogenannter Youngtimer. Der nächste Akt ist der Verkauf seines Motorrades, auch hier steckt seine Leidenschaft und sein Herzblut drin. Es gibt einen Interessenten und ich hoffe, er nimmt es. Ich frage mich oft, ob Waldemar mit meinen Entscheidungen einverstanden wäre. Das verunsichert mich enorm und viele Fragen bleiben einfach unbeantwortet.

Ich muss lernen, meine eigenen Entscheidungen zu treffen und mich den Verantwortungen und Veränderungen meines neuen Lebens alleine zu stellen. Praktisch heißt das für den Moment, in die Gänge mit den Urlaubsvorbereitungen zu kommen und konkret: Kaffee austrinken, aufstehen und Koffer packen. Gute Reise!

Einfach kann jeder

Das war das Motto unserer Reise mit Mama. Flusskreuzfahrt und Bahnfahrt mit Umsteigen und Rollstuhl. Das ist nur was für Fortgeschrittene, aber wir Geschwister sind mittlerweile an Katastrophen gewöhnt und auf alle Sorten von Pflegefällen eingestellt. Wir haben wie immer das Beste daraus gemacht und die Reise so gut es ging genossen. Zumindest weiß ich, was Quality Time ist, und bin so dankbar, dass ich die Fähigkeit habe, im Hier und Jetzt sein zu können. Zu Beginn unserer Reise habe ich im Passauer Dom eine Kerze für Waldemar angezündet. Ich musste weinen und tue es jetzt in der Erinnerung an diesen Moment. Es hat so wehgetan und ich weiß nicht, ob ich mich jemals an diesen Schmerz gewöhnen werde. Der eigentliche Schmerz überkam mich, als ich wieder nach Hause kam, in dieses stille Zuhause. Keine Wiedersehensfreude, keine Umarmung, kein Willkommenskuss oder die Wärme des geliebten Menschen zu spüren. Niemand war da, dem ich meine frischen Erlebnisse erzählen konnte. Wieder Trauer und Tränen und im Hinterkopf immer die Sorge, wie es mit Mama weitergehen soll. Vieles muss in den nächsten Tagen erledigt werden, aber es fällt mir schwer. Insbesondere weil die Schmerzen in meinem Fuß unerträglich geworden sind. Körperliche und seelische Schmerzen sind zur Zeit auf dem gleichen Level. Dazu kommen noch Sorgen, die mir mein Kind wieder einmal bereitet.

Das brutale Leben hat mich wieder!

Ich denke daran, wie ich am besten Unkraut auf der Terrasse und auf unserem gepflasterten Hof entfernen könnte. Ist es normal, dass ich mich mit solchen Dingen ablenke? Ich glaube, ich funktioniere einfach nur, um zu überleben. Unkraut entfernen gehört wohl dazu.

Gestern war der 4. Todestag meines Schwagers. Auch ihn habe ich bis zum letzten Atemzug begleitet. Er starb innerhalb von 4 Monaten, nach der Diagnose Hirntumor. Eine schlimme Zeit für die ganze Familie. Danach starb Papa, meine Schwiegermutter und letztlich Waldemar. Allen hielt ich meine Hand. Der Tod und das Sterben haben mein Denken und Fühlen verändert. Ich bin aber trotzdem nicht verbittert oder hadere mit meinem Schicksal. Der Tod gehört zum Leben und wir müssen ihn akzeptieren, wenn wir weiterleben wollen. Eigentlich müssen, denn das Leben fließt einfach so weiter. Mit uns oder an uns vorbei. Das ist dann unsere Entscheidung und ich habe mich gerade entschieden, mit dem Unkraut anzufangen, so wie in all den Jahren zuvor, und ich weiß, Waldemar hätte es gehasst, wenn ich alles aufgeben würde, sei es auch noch so banal.

Herausforderung

Mein geliebter Frühling ist da!

Die letzten Tage habe ich genutzt, um alles im Garten und auf der Terrasse für schöne Tage herzurichten. Jetzt liegt überall eine dicke gelbe Schicht Blütenstaub. Passend dazu mein allergisches Niesen. Während Waldemars Erkrankung musste ich einen Großteil der Gartenarbeit übernehmen und jetzt wäre er sicher stolz auf mich, wenn er unseren Garten sehen würde. Trotz des Blütenstaubs. Abends sitze ich gerne auf der Terrasse, lese, trinke einen Kaffee oder ein Glas Wein oder bestaune einfach nur die Natur in all ihren Facetten. Sie gibt mir Frieden und das Gefühl der Geborgenheit.

Unser Kater Pauli liegt stets bei mir und ich glaube, Waldemar wäre tatsächlich eifersüchtig. Pauli war total auf Waldemar fixiert und blieb an seiner Seite, bis er starb.

An diesem Abend, nachdem Waldemar gestorben war, war ich körperlich und seelisch erschöpft. Schließlich war ich seit über einer Woche 24 Stunden an Waldemars Seite. Als ich mich hinlegte, kam Pauli zu mir und schmiegte sich an meine Herzseite und schnurrte. Ich war zu Tränen gerührt, doch gleichzeitig unglaublich getröstet. Ich habe in dieser Nacht durchgeschlafen und Pauli wiederholt dieses Ritual allabendlich und wir beide schlafen gut.

Neulich hat mich jemand gefragt, ob ich nachts keine Angst hätte, und ich habe geantwortet, dass ich einen Mann im Haus, beziehungsweise im Bett habe: vierbeinig, kastriert, miaut und schnurrt. Unverständliche Blicke, aber ich war amüsiert und dankbar zugleich.

Waldemar hatte in unserem letzten Gespräch Angst, mich alleine zurückzulassen. Er sagte aber auch, dass ich wohl besser alleine zurechtkommen würde als er. Schon lange bevor er krank wurde, sagte er immer, dass er vor mir sterben und nicht ohne mich leben wollte. Nun muss ich ohne ihn zurechtkommen und manchmal gelingt es mir besser und manchmal schlechter. Ich muss Kompromisse schließen und zulassen, dass nichts bleiben kann, wie es war.

Leben heißt Veränderung und ich erlebe dies jeden Tag.

Reisealbtraum

Schon wieder renne ich ins Krankenhaus. Mama hat massive Herzprobleme und wir sind sehr besorgt. Ausgerechnet jetzt habe ich einen Flug nach Amerika gebucht, um über meinen Geburtstag weg zu sein. Eine Flucht vor der Einsamkeit, aber auch Angst vor der Erinnerung, als Waldemars Endstadium des Krebses seinen Lauf nahm. Ich muss versuchen, dieses emotionale Trauma zu überwinden, und werde das erste Mal im Leben eine weite Reise alleine antreten. Ich hoffe Raum und Zeit werden mir über diesen ersten Geburtstag ohne Waldemar hinweg helfen.

Tennessee ist für mich zur zweiten Heimat geworden und ich fühle mich dort geborgen und geliebt. Bedauerlicherweise kenne ich diesen Teil meiner Familie erst seit 3 Jahren, doch wir sind uns sehr nahe und verdammt ähnlich. Ich hatte irgendwie immer gefühlt, dass ich noch Geschwister in Amerika habe. Dass es allerdings gleich 5 Schwestern sind, hat mich doch sehr überrascht. Waldemar war zweimal mit mir dort gewesen und alle hatten ihn sofort in ihr Herz geschlossen. Als sich Waldemars Zustand letzten November über Thanksgiving dramatisch verschlechterte, waren alle zutiefst betroffen und bestürzt gewesen. Der Rückflug war schrecklich. Waldemar war so schwach, dass ich einen Rollstuhl für ihn brauchte, um ihn bis zum Gate zu transportieren. Zum Glück sind wir Business Class geflogen und so war der Flug einigermaßen erträglich für ihn. Zu Hause angekommen sind wir sofort ins Krankenhaus gefahren und 2 Wochen später war er tot.

Als ich gestern meine Mutter im Krankenhaus besuchte, erinnerten sich eine Ärztin und die Dame vom Sozialdienst an mich und sie fragten, wie es mir gehe. Sie bestätigten mir beide, dass ich damals die richtige Entscheidung getroffen habe, Waldemar zum Sterben nach Hause zu holen und ihn nicht ins Hospiz zu geben, wie es uns empfohlen wurde. Ich habe den beiden erzählt, dass Waldemar friedlich gehen durfte. Schließlich hatte ich ihm versprochen, ihn bis zum Ende zu begleiten. Das habe ich mit aller Kraft und Liebe getan und dadurch meinen eigenen Frieden gefunden.

Er würde sich sicherlich darüber freuen, dass ich meinen Geburtstag in Amerika verbringen möchte. Natürlich liebe ich meine Familie hier genauso, aber dort habe ich gelernt, mich so zu akzeptieren, wie ich bin. Damit hatte ich 54 Jahre zuvor meine Schwierigkeiten, weil ich einfach anders war und bin. Jetzt weiß ich warum. Die Macht der Gene ist unglaublich und ich bin endlich angekommen in meinem Leben. Als ich meine amerikanische Familie das erste Mal getroffen habe, wusste ich, dass sich mein Kreis geschlossen hat.

Das Leben schreibt unglaubliche Geschichten und ich bin ein Teil davon, mit allen Facetten. Meine Geschichte geht weiter, ohne Waldemar, und ich muss lernen, neue Erinnerungen zu schaffen und Erfahrungen zu sammeln, aber vor allem, mutig zu sein. Jeden Tag aufs Neue!

Amerika

Ich sitze gerade gemütlich, mit einem exzellenten Glas Weißwein in der Hand, in der Business Lounge im Flughafen in Charlotte, North Carolina. 10 Stunden Flug liegen hinter mir und jetzt muss ich 6 Stunden bis zum Weiterflug nach Tennessee warten. Ich habe mir deshalb einen Tagespass in der Lounge gekauft, damit ich die Wartezeit bestmöglich überstehen kann.

Ein merkwürdiges Gefühl, diese weite und lange Reise alleine zu bewältigen. Ich muss mich daran gewöhnen, alleine zu reisen, und es sind die vielen, kleinen Momente der Zweisamkeit, die mir heute gefehlt haben. Wir hatten zu Hause immer schon den Stress, ob alles erledigt und versorgt ist, oder die Angst, wichtige Sachen zu vergessen und die dazu gehörigen Diskussionen. Waldemar war immer aufgeregt und ich eher besorgt, ob alles klappt. Zu Hause, auf der Reise und im Urlaub. Alles vertraute Dinge mit jahrelanger Erfahrung, aber das Verstehen ohne Worte, Erlebnisse teilen, gemeinsam die Wartezeiten totschlagen, Küsse und Umarmungen, alles, was vorher selbstverständlich war, fehlt und kommt nie mehr zurück. Das schmerzt und ich werde diese kleinen Momente vermissen.

Viele Reisen und Abenteuer haben wir gemeinsam erlebt, doch wir waren auch getrennt unterwegs. Dann hatten wir uns immer viel zu erzählen und zu berichten und gerne hätten wir das Erlebte miteinander geteilt. Wir haben oft davon gesprochen, was wir noch unternehmen wollten, so wie der im Januar geplante Tauchurlaub in Thailand mit unseren Freunden. Waldemar hatte sich so sehr auf seinen 800. Tauchgang im tropischen Gewässer gefreut. Danach war die Donau-Flusskreuzfahrt mit ihm geplant und im Oktober eine Reise mit der Queen Mary, von Hamburg nach Southhampton und London.

So viele Pläne und jetzt sitze ich alleine hier und die Trauer über das Verlorene und die Dankbarkeit über das Erlebte kämpfen in mir. Wir hatten wirklich ein gutes Leben.

Nichts ist selbstverständlich und der Verlust der kostbaren Momente schmerzt. Nach fast 40 Jahren Zweisamkeit erlebe ich die Einsamkeit und Selbstmitleid. Eigentlich geht es mir verhältnismäßig gut und ich genieße viele Privilegien.

Ich möchte so gerne all die Strapazen der letzten Zeit vergessen, körperlich und seelisch bin ich am Limit. Sorgenvolle Wochen liegen hinter mir und Entspannung ist in Sicht, wenn auch nur für eine Woche. Ich bin so dankbar, hier in Amerika willkommen zu sein und eine liebevolle Familie zu haben, die gerade sehnsüchtig auf meine Ankunft in Tennessee wartet.

Kriegerin

Der letzte Tag in Tennessee mit meiner Familie, die mir so eine schöne Zeit, mit viel Liebe und Aufmerksamkeit in jeder Beziehung geschenkt hat. Es war eine gute Entscheidung gewesen, meinen Geburtstag hier zu verbringen. Ich bin sehr entspannt, obwohl wir viel über Waldemar sprechen und mich vieles an ihn erinnert. Ich schlafe sehr gut und lange, kein Fernsehen, kein Alkohol, wenig Schmerzen und kein Jetlag. Allerdings esse ich zu viele, ungesunde Sachen, aber leider schmeckt es mir. Heute sind wir wieder zum Essen eingeladen bei meiner ältesten Tante, genannt „General". Waldemar fand sie cool, 83 Jahre alt, geht am Stock, fährt einen 65er Ford Mustang Cabriolet, hat einen messerscharfen Verstand und trägt ihr Herz auf der Zunge. Ich habe sehr viele ihrer Eigenschaften an mir entdeckt. Meine älteste Schwester sagt, dass ich nach der Seite unserer Großmutter komme, die indianischer Abstammung ist. Sehr viel Cherokee in mir und ich wäre ein Warrior.

Waldemar hat mich stets unterstützt, meine amerikanische Familie zu finden, und er fand die Kriegerin in mir schon immer faszinierend. Außerdem wäre er sicher stolz auf mich, dass ich weiterhin nach Amerika reisen werde.

Ich sehe aus wie mein Vater, der mit 56 Jahren gestorben ist und reihenweise Frauen unglücklich gemacht hat. Trotzdem haben ihn alle Frauen geliebt und er muss schon einen besonderen Charme besessen haben. Er hatte 9 Geschwister, 7 davon leben noch. Außerdem hat er exzessiv getrunken und sich nie um seine Kinder gekümmert. Ich bin so froh, dass meine Mutter damals nicht mit ihm nach Amerika gegangen ist. Sie hat die richtige Entscheidung für uns beide getroffen.

Meine große Schwester sagt immer „Daddy" zu mir, wenn sie mich anschaut. Sie ist mir sehr ähnlich, äußerlich und vom Wesen, aber viel sanfter und liebevoller. Wenn ich sie anschaue, sehe ich in meine eigenen Augen. Sie hat so ein schweres Schicksal, ist aber niemals verbittert und strahlt von innen, wie ein Engel. Ihre Tochter starb mit 30 Jahren und sie hat ihre Enkelin großgezogen, die leider mit 17 an Krebs gestorben ist. Die Gespräche mit ihr und ihrem Mann tun mir gut.

Er hat sich extra für mich einige Tage freigenommen. Ich bin so dankbar, dass ich diese Menschen gefunden habe. Unser gemeinsamer Vater war zwar nur mein Erzeuger und trotzdem bin ich ihm dankbar für die Familie, die er mir geschenkt hat und die mich bedingungslos liebt.

Es wird mir schwer fallen, zu gehen, aber ich werde wiederkommen, auch wenn es eine lange und anstrengende Reise ist.

Trotzdem freue ich mich auf mein Zuhause und meine Familie, die immer da ist und mich liebt und unterstützt, obwohl ich in vielen Dingen anders bin. Ich bin sozusagen ihr „General" und habe endlich gelernt, damit umzugehen wie ich bin.

Jetzt brauche ich erst mal einen Kaffee und mein Schwager macht einen verdammt guten Kaffee.

Krankheit und Tod

Es ist Sonntag und eigentlich wollte ich heute Vormittag so viel erledigen und habe fast nichts davon geschafft. Noch nicht mal gefrühstückt, aber aufgeschoben ist ja nicht aufgehoben. Trotzdem läuft mir die Arbeit irgendwie davon. Mein blöder Fuß ist so entzündet und schmerzt, dass ich Strategien entwickle, so wenig wie möglich die Treppen laufen zu müssen. Schon der Rückflug von Amerika war anstrengend und zum Glück hatte ich die Gehhilfen dabei, um die langen Wege am Flughafen bewältigen zu können.

Diesmal war das Nachhausekommen nicht so schlimm wie beim letzten Mal und Pauli hat wohl schon auf meine Ankunft gewartet und mich begrüßt. Ich musste mich unverzüglich hinlegen und Pauli blieb stundenlang bei mir liegen. Ich hatte Mühe, wieder einigermaßen zu mir zu kommen, und kam tatsächlich erst am nächsten Tag in den gewohnten Rhythmus oder besser gesagt die gewohnte Tretmühle. Mama hatte einen Arzttermin und meine Schwester und ich mussten sie begleiten, mit Anschlussprogramm.........
...

Das Gefühl, von meinem amerikanischen Himmel in meiner deutschen Hölle gelandet zu sein ... Hölle klingt etwas übertrieben, aber es ist dieses Arzt, Krankenhaus und Sorgeding, was niemals zu enden scheint. Ich fühle mich wie in einer Endlosschleife.

Erst hatte ich in den 90er Jahren meinen Beruf aufgegeben, um mich um meine Schwiegereltern zu kümmern. Mein Schwiegervater war damals das erste Mal an Krebs erkrankt und ich habe ihn zu seinen Terminen begleitet, ihn zur Bestrahlung und Chemo gefahren. Dann wurde bei meiner Schwiegermutter Alzheimer diagnostiziert und die 2. Krebserkrankung meines Schwiegervaters folgte. Ich selbst hatte in dieser Zeit 3 Operationen und Sorgen mit unserem Kind. Dazu kam ein schwerer Unfall, bei dem meine Schwiegermutter ein schweres Schädelhirntrauma und mein Schwiegervater einen schweren Schock erlitt. Waldemar hatte den Arm in Gips und wir mussten Monate in irgendwelchen Kliniken verbringen. Es war der pure Stress. Die Alzheimer Erkrankung hatte sich durch die schwere Hirnverletzung erheblich verschlechtert und dann folgte eine weitere Krebserkrankung meines Schwiegervaters. Diese hat er nicht überlebt und er ist genauso qualvoll wie Waldemar gestorben.

Wir mussten meine Schwiegermutter in ein Heim geben. Es war eine schwere Entscheidung, aber wir waren am Ende und sie wurde aggressiv und erkannte uns nicht mehr. Sie lebte noch 8 Jahre im Altersheim und wir haben sie jede Woche besucht. Waldemar konnte diese Besuche kaum ertragen und hatte immer Angst, er würde auch an Alzheimer erkranken oder im Alter in einem Heim einsam vor sich hin vegetieren wie ein Zombie.

In unserem letzten Gespräch habe ich ihm gesagt, dass ihm das erspart bleibt und er keine Angst vor dem Tod haben muss. Ich hatte beim Kaiserschnitt, als unser Kind auf die Welt kam, eine Nahtoderfahrung gemacht. Nach 44 Stunden Wehen hatte mein Kreislauf versagt und ich war auf dem Weg ins Licht. So habe ich es jedenfalls empfunden. Ich habe mich so wohlgefühlt und hatte keine Schmerzen mehr, alles fühlte sich so leicht an. Dann schrie mein Kind und dieser Schrei holte mich zurück. Es war wohl noch nicht meine Zeit, aber seitdem habe ich keine Angst mehr vorm Sterben und vor diesem Ort, wo unsere Seele hingeht. Das habe ich Waldemar mit auf den Weg gegeben. Ich hoffe, er ist gut angekommen, und eines Tages werde ich ihm folgen.

Schockzustand

Der nächste Urlaub nach Spanien ist geplant. Zur spanischen Familie im Nordwesten Spaniens und eventuell im Anschluss an die Costa Blanca in unser Ferienhaus am Meer. So ist es mit der Familie abgesprochen, aber wir müssen das wegen Mama noch mal modifizieren. Waldemar hätte es gefreut, er liebte Papas Familie und sie ihn. Als er krank wurde, luden sie ihn ein, gemeinsam ein Stück auf dem Jakobsweg zu pilgern, aber er war nicht mehr in der Lage dazu. Er hatte stets die Hoffnung, dorthin zurückkehren zu können und wir hatten es eigentlich für dieses Jahr geplant.

Ich selbst war das letzte Mal in unserem Haus im Sommer, nach dem Tod meines Schwagers. Meine Schwester und ich sind damals als Begleitung für Papa und zur Unterstützung für Mama mitgereist, weil sie mit Papas Demenz zunehmend überfordert war. Viele Sorgen, aber auch die Erinnerungen an die schönen Zeiten in den Sommerferien mit der ganzen Familie haben uns begleitet.

Doch bevor Papa gestorben ist, wurde 12 Tage vorher bei Waldemar die Diagnose Speiseröhrenkarzinom, 7 cm groß, festgestellt. Wir waren am Boden zerstört, zumal mein Schwager erst vor einem Jahr an einem aggressiven Hirntumor innerhalb von 4 Monaten gestorben war. Ein Trauma für die ganze Familie und Papa sagte damals, dass er im nächsten Jahr auch sterben würde. Er behielt recht und er erkrankte plötzlich an akutem Nierenversagen. Eine Woche Intensivstation, mit ungünstiger Prognose, und dann sollten wir die Entscheidung treffen, die lebenserhaltenden Maßnahmen zu stoppen. Eine Zeit der Verzweiflung und des Schocks, über Leben und Tod entscheiden zu müssen. Letztendlich haben wir ihn extubieren lassen, um seinem Körper die Entscheidung zu überlassen, selbstständig weiteratmen zu können, aber er hat es nicht mehr geschafft. Zuvor hatten wir einen Priester kommen lassen. Danach haben wir alle gemeinsam Abschied genommen und seine Hände gehalten. Entgegengesetzt zu unserer Vorstellung war die Atmosphäre auf der Intensivstation mehr als würdevoll und Papa konnte friedlich sterben.

Die spanische Familie reiste zur Beerdigung an und Waldemar konnte tragischerweise nicht daran teilnehmen, weil er wichtige Untersuchungen hatte. Zum Glück hatten wir einen sehr kooperativen, katholischen Pfarrer gefunden, der den Trauergottesdienst in Deutsch und Spanisch hielt.

Der Schockzustand war unbeschreiblich, erst der Krebstod meines Schwagers vor einem Jahr, dann Papa und letztlich Waldemars Krebsdiagnose. Ich glaube, wir sind bis zum heutigen Tag traumatisiert.

Waldemar musste zum sogenannten Staging in die Klinik und bekam einen Port für die Chemotherapie implantiert. Es folgte ein Zyklus Chemotherapie und Strahlentherapie, um das Karzinom vor der geplanten Operation zu verkleinern. Eine sehr schwierige und lange Operation mit 2 Bauchhöhlenöffnungen. Er hatte alles so toll weggesteckt und war voller Hoffnung auf Heilung. Stets motiviert und überzeugt, den Krebs besiegen zu können.

Ich war bereits zu diesem Zeitpunkt zutiefst besorgt, da der Krebs in einem fortgeschrittenen Stadium war und Angst wurde fortan mein Begleiter.

Katzenliebe

Wir haben Ende Mai und hochsommerliches Wetter. Nicht normal für diese Jahreszeit, aber ich genieße es. Es ist sowieso nichts mehr normal in dieser Welt. Also sitze ich um 6 Uhr früh auf der Terrasse, trinke Kaffee, blicke in unseren schönen Garten und mein Blick bleibt am Grab unserer Katze Lina hängen. Es brennt ein Lichtlein und eine verwelkte Rose liegt auf dem Stein, auf dem sie gerne gesessen hat. Sie liegt dort neben unserer Hündin Tosca, einer englischen Bullterrier Dame und unserem Kater Henry, der an Heiligabend vor 7 Jahren überfahren wurde.

Soviel Freude und bedingungslose Liebe haben sie in unser Leben gebracht, aber auch unvergesslichen Schmerz, als sie gehen mussten. Lina war mein Katzenmädchen, das ich vom Tierschutz adoptiert hatte und es war Liebe auf den ersten Blick. Eine kleine, untersetzte, schwarze britische Kurzhaarkatze mit kurzen Beinen und breiten Katzenpfötchen. Sie hat mir soviel Freude gebracht und ich habe sie sehr verwöhnt, deshalb war sie auch eher auf mich fixiert. Als sie im letzten

Frühjahr schwer herzkrank wurde, wurde auch mein Herz ganz schwer, weil ich wusste dass wir bald Abschied nehmen mussten. Waldemar bekam wieder seit 5 Monaten Chemo und hatte zu diesem Zeitpunkt eine Chemopumpe anhängen. Es ging ihm schlecht und wegen Lina war er psychisch am Ende. Als mich Lina eines Mittags in qualvoller Atemnot ansah, wusste ich, dass ich sie erlösen musste. Waldemar konnte sich nicht mehr beruhigen und wir haben uns mit Lina auf unser Bett gelegt, sie gestreichelt, mit ihr gesprochen und schluchzend Abschied genommen. Waldemar konnte mich nicht zur Tierärztin begleiten. Als ich mit meiner toten Katze tränenüberströmt nach Hause kam, hatte Waldemar ein kleines Grab für sie ausgehoben, obwohl er eigentlich zu schwach dazu war. Er musste es tun, sagte er und hat Lina mit unglaublicher Zärtlichkeit in ihre rosa Decke gehüllt und wir haben sie begraben. Es war herzzerreißend und ist es immer noch. Ich vermisse sie. Beide!

Unser Kater Pauli suchte sie und saß an ihrem Grab. Sie konnte ihn eigentlich nicht ausstehen, weil er einfach so in unser Leben

spaziert kam und blieb. Wir hatten ihn halb-
verhungert, bis auf die Knochen hing sein
Fell, ängstlich und scheu im Garten der
Nachbarin entdeckt. Sein Kopf wirkte größer
als sein Körper. Er war total ausgehungert
und Waldemar hat ihn gefüttert, aber er fraß
nur, wenn wir weggingen. Das lief über Wochen und Waldemar war besorgt und vernarrt
in das Kerlchen. Er hatte eine Strategie entwickelt, den Kater auf unser Grundstück zu
locken. Jeden Tag stellte er das Futter weiter
in Richtung unserer Terrasse. Er nahm es an,
war aber sofort weg, sobald er uns hörte oder
sah. Er fing an, sich an Waldemar zu streifen
und Waldemar versuchte ihn zu streicheln
und kassierte einige Krallenhiebe. Es wurde
besser und er war immer pünktlich da und
schlief auf der Terrasse. Es wurde Winter,
ein sehr kalter Winter und wir hatten Angst,
Pauli, so hatten wir ihn getauft, würde erfrie-
ren. Also haben wir ihm aus Decken und Fel-
len eine Höhle gebaut, die er auch angenom-
men hat. Waldemar ließ die Terrassentür of-
fen wenn er sich auf die Couch legte und irgendwann kam Pauli rein und setzte sich mit
viel Abstand und guter Fluchtmöglichkeit

unter den Esszimmertisch. Manchmal blieb er stundenlang dort liegen. Dann kam er immer näher und irgendwann lag er auf Waldemars Beinen. So ging es noch tagelang und Waldemar hat insgesamt 6 Wochen im Wohnzimmer geschlafen. Ich schlug ihm vor, dass er mal im Bett schlafen soll, Pauli würde schon kommen und er tat es tatsächlich. Waldemar war glücklich und Pauli hatte endlich ein Zuhause. Sein Kater war ihm heilig und er nannte ihn liebevoll Paulmann. Die beiden wurden unzertrennliche Sofarutscher. Sobald er von der Chemo oder Bestrahlung kam, war Pauli bei ihm und wollte ihn trösten und das tat er bis zum Schluss. Jetzt ist er mein Pauli.

Bob der Baumeister

Strahlend schönes Wetter und ich bin froh, dass heute Sonntag ist. Auch ich brauche einen Ruhetag. Ich habe die letzten Tage begonnen, die Garage zu räumen. Eine Lebensaufgabe, wie es mir scheint, und das zeigt mir wieder einmal mehr die Vielseitigkeit meines Mannes.

Waldemar war ein begnadeter Heimwerker, Bastler und Tüftler gewesen. Sehr ordentlich, präzise und innovativ. Seine Leidenschaft galt Motoren und Maschinen. Er liebte Autos und Motorräder und alles, was man damit anstellen konnte. Insbesondere die Pflege genannter Objekte waren seine Passion. Jeder, der ihn kannte, amüsierte sich über seinen Faible. In der Tat sahen alle unsere Fahrzeuge aus wie neu vom Händler und so fand ich gestern über 50 Dosen und Flaschen mit Polituren, Reinigungsmitteln, Ölen etc. Der reinste Autosalon. Es entspannte ihn, samstags unsere Autos zu waschen, besser gesagt, sie zu veredeln. So vervielfältigte sich auch das dazu notwendige Zubehör.

Am liebsten trug er seinen Blaumann und er hatte stets etwas zu werkeln. Er konnte handwerklich fast alles, ob Fliesen legen, Elektroarbeiten, Streichen, Holzarbeiten, Maschinentechnik. Hier hatte er, bedingt durch das Tauchen, spezielle Fertigkeiten entwickelt. Baumärkte waren seine Lieblingsgeschäfte und ständig brachte er was Neues mit oder was man(n) so braucht.

Auch im Garten war er mein bester Arbeiter und so ist über die Jahre ein riesiges Depot jeglicher Utensilien für Haus und Garten gewachsen. Nur dass ich jetzt gar nicht weiß, für was man manche Werkzeuge überhaupt benötigt und was letztendlich davon entsorgt werden kann. Einen Großteil werde ich wohl verschenken, aber wie es aussieht, werde ich unzählige Fahrten zum Wertstoffhof unternehmen müssen. Es wird noch Wochen dauern und in Gedanken schimpfe ich mit Waldemar und fluche leise vor mich hin.

Dann kommen die Erinnerungen zurück. Die letzte Arbeit, die er gemacht hatte, war das Schneiden unserer Bäume und Hecken, vier Wochen vor seinem Tod. Er stand hoch oben auf der Leiter und arbeitete wie besessen und ich war so besorgt, weil er recht schwach war und seine Hände zitterten. Nebenwirkungen der letzten Chemotherapie, die über 7 Monate gegangen war. Danach hatte er nochmal eine OP, bei der 2 Metastasen entfernt wurden, damit er vorerst keine Chemotherapien mehr benötigen würde. Die Operation war sehr gefährlich, da eine Metastase an der Aorta saß. Alles ist gut gegangen und die Hoffnung kam zurück. Wir sind direkt danach nach Kroatien geflogen und hatten einen wunderschönen Urlaub und Waldemar war sogar zweimal tauchen. Ich hatte solche Angst um ihn, weil er sehr schwach war, aber auch so stolz auf ihn, weil er es geschafft hatte. Er sah so glücklich aus wie seit Langem nicht mehr. Es sollte sein letzter Tauchgang und sein letzter Geburtstag sein.

Die komplette Tauchausrüstung mit unzähligen Pressluftflaschen gehört auch zu den Dingen, die ich als Nächstes angehen muss. Ich habe keinen Plan und werde Hilfe benötigen und hoffentlich jemanden finden, der Zeit und Muße hat. Doch zunächst ist die Garage dran und ich hoffe, er würde mir verzei-

hen, dass ich seine geliebten Sachen nicht alle behalten kann.

Partnerschaft

In unserem Freundeskreis kriselt es bei einigen Paaren. Viele suchen das Gespräch mit mir und ich freue mich über dieses Vertrauen, obwohl es mich traurig macht. Für Außenstehende ist es immer schwierig, sich in die Lage des anderen zu versetzen, aber ich habe 36 Jahre lang eigene Erfahrungen gemacht und bin wohl eine qualifizierte Freundin für Krisen aller Art. Waldemar hat immer scherzhaft gesagt: Fragen Sie Frau Irena!

Was ist das Geheimnis für eine perfekte Partnerschaft? Perfekt gibt es nicht, denn wir sind als Menschen nicht perfekt. Jeder bringt seine Qualitäten und Hypotheken mit in eine Beziehung. Damit meine ich alles, Elternhaus, Erziehung und Erfahrungen. Trotzdem ist man immer auf der Suche nach dem perfekten Partner.

Ich hatte Glück, weil ich erst 16 Jahre alt war und die Chance hatte, in unserer Beziehung zu reifen. Langfristig erfordert es Mut und Toleranz, denn die anfängliche Verliebtheit trübt den Blick für das Wesentliche, eigentlich das Unbekannte. Sexualität spielt zunächst eine Hauptrolle, benötigt aber von Anfang an Vertrauen und Respekt. Das reicht zwar für die körperliche Ebene, aber ohne Liebe kann es langfristig nicht funktionieren. Die Freude und Lust am Anfang einer Beziehung, einander zu begehren und zu entdecken, bleibt bestehen, wenn man sich immer wieder aufs Neue auf den anderen einlässt und es zulässt. Alltagssorgen, Stress, Beruf und Krankheiten können Beziehungskiller sein, aber eine starke Beziehung reift daran. Unsere Partnerschaft hat über die Jahre eine neue Qualität bekommen.

Natürlich entwickeln sich Frauen und Männer unterschiedlich in einer langfristigen Partnerschaft und bleiben stets gefährdet durch innere und äußere Einflüsse. Die Inneren sind die eigenen Ansprüche und die an den Partner, schwindende Attraktivität, Selbstverwirklichung, sowie Misstrauen. Die Äußeren sind Begehrlichkeiten, geweckt durch das andere Geschlecht und der Druck von außen, vielleicht doch etwas versäumt zu haben. Diese Krisen durchlebt jede Partnerschaft und keiner ist gefeit davor. Liebe und Drama gehören zusammen.

Waldemar war ein absoluter Frauentyp. Charmant, hilfsbereit, gepflegt und gutaussehend. Es war nicht einfach, mit einem Womanizer verheiratet zu sein. Bei meinem Temperament schwierig auszuhalten und Eifersucht war kein Fremdwort für mich. Auch wir hatten unsere Krisen und es erfordert ein hohes Maß an Toleranz, Ehrlichkeit und Vertrauen, an der Liebe festzuhalten und diese zu pflegen.

In der kritischen Zeit der Erkrankung konnten wir aufeinander vertrauen, geliebt zu werden, ehrlich und aufrichtig. Was bleibt, ist die Erinnerung und der Schmerz, diese Liebe nie mehr spüren zu können.

Schmerzen

Vor einem halben Jahr ist Waldemar von mir gegangen und es ist immer noch nicht bei mir angekommen. Ich vermisse ihn unendlich! Meine Schwester hat mir ein Bild von uns als Paar auf ihrer Hochzeitsfeier geschenkt. Aufgenommen 3 Monate vor Waldemars Tod und jetzt erst fällt es mir auf, wie schlecht er bereits zu diesem Zeitpunkt aussah. Es war eine schöne Hochzeitsfeier und ich hatte die Hochzeitstorte gemacht.

Damals hatte ich schon massive Probleme mit meinem Fuß und konnte zum eleganten, langen Kleid nur flache Sandalen tragen. Früher unvorstellbar, aber Dinge ändern sich und daran merkt man, dass man alt wird. Ich habe die Feier genossen und trotz aller Schmerzen getanzt. Waldemar war nach seiner letzten OP noch etwas schwach und fuhr früher nach Hause. Ich war so froh, dass er überhaupt bei der Hochzeit dabei sein konnte, und ich weiß, wie wichtig es für meine Schwester war, ihn dabei zu haben. Wir haben sehr wegen seiner Krebserkrankung mitgelitten und alle waren besorgt um ihn.

Jetzt, 9 Monate später, kann ich kaum mehr laufen. Ende des Monats muss mein Fuß operiert werden. Mist! Kompliziert, schmerzhaft und langwierig im Heilungsprozess, hat mir die Fußchirurgin diese Woche offenbart. Ich kann die OP nicht mehr aufschieben, habe aber Angst davor. Hauptsächlich, weil ich nach der OP auf fremde Hilfe angewiesen sein werde. Das ist neu für mich und ich bin gerade dabei, alles vorzubereiten, um mich möglichst selbstständig versorgen zu können.

Eigentlich war ich in unserer Beziehung diejenige, die oft krank war. Waldemar war gewissermaßen immer ein kerngesunder Wonneproppen, aber mir gegenüber stets verständnis- und liebevoll, wenn ich mal wieder schwächelte. Schon als Kind kränkelte ich öfter als meine Geschwister und las dann lieber im Haus als draußen zu spielen. Zahlreiche Operationen und merkwürdige Diagnosen waren meine Lebensbegleiter. Ich blieb immer tapfer, habe alles ertragen und weitergemacht, aber ich war auch nie alleine und meine Familie gab mir Kraft. Es waren nie lebensbedrohliche Erkrankungen, aber durchweg nervig und das gilt bis zum heutigen Tage. Konkret resultiert daraus eine Schwerbehinderung und das ist eine deprimierende Tatsache. Außenstehende wissen und sehen es nicht. Bis auf mein Humpeln in den letzten Monaten wirke ich nach außen normal und gesund.

Ich schaffe es zur Zeit noch nicht einmal mehr, auf den Friedhof zu gehen, weil die Schmerzen beim Laufen unerträglich geworden sind. Irgendwie fühle ich mich aktuell vom Leben abgehängt. Die Pflichtveranstaltungen Haushalt, Garten, um Mama kümmern und Kater versorgen funktionieren auch eingeschränkt. Für eine Kür reicht meine Energie zur Zeit allerdings nicht aus. Jeder denkt, ich hätte sowieso mehr Zeit für alles Mögliche, jetzt, wo ich alleine bin. Zeit hätte ich, alleine bin ich im wahrsten Sinne des Wortes.

Pilgerschaft

Seit gestern quält mich ein Rheumaschub und heute eine Runde Selbstmitleid. Ich bin in den letzten Wochen und Monaten körperlich und seelisch an meine Grenzen gekommen. Es ist erstaunlich, was ein Mensch alles aushalten kann, wenn ich bedenke, durch welche Hölle Waldemar gegangen ist. Er war so tapfer und hat nie gejammert.

Im Radio läuft gerade: Ist da jemand … der mein Herz versteht und der mit mir bis ans Ende geht … von Adel Tawil. Das passt genau zu dem, was mich gerade bewegt. In Anbetracht der bevorstehenden OP bin ich nervös und denke über vieles nach. Bis übermorgen ist noch einiges vorzubereiten, da ich nach der OP 6 - 8 Wochen nicht laufen kann und danach lange Zeit eingeschränkt sein werde. Lauftechnisch bin ich bereits eingeschränkt, aber immerhin noch selbstständig und mobil. Habe mir Papas alten Rollator aus dem Keller geholt und die Krücken stehen auch schon parat, genauso wie die Angst, die sich in meinem Kopf breit macht.

Gestern habe ich, trotz Schmerzen, eine kleine Hecke und einen Baum in Form geschnitten, weil ich weiß, dass ich vielleicht in diesem Jahr nicht mehr dazu in der Lage bin. Außerdem gibt es mir ein gutes Gefühl, wenn ich in den Garten schaue. Haus und Garten, alles soweit in Ordnung, und der vorübergehende Umzug ins untere Stockwerk ist bewältigt. Ich beneide alle Menschen, die alles auf sich zukommen lassen und spontan sind, obwohl ich weiß, dass man eigentlich nichts planen kann.

Die letzte Woche in Spanien hat mir sehr gutgetan. Viel gelacht, geredet, gegessen und getrunken, aber auch geweint. Zu Beginn unserer Reise habe ich in der Kathedrale von Santiago de Compostela 5 Kerzen angezündet. Eine für Waldemar, eine für Papa, eine für meinen Schwager, eine für die Familie und eine für mich. Als ich in die Kathedrale humpelte, sah es aus, als hätte ich hunderte Kilometer Pilgerschaft hinter mir. Dann berührte ich die Statue des Heiligen Jakobs und in diesem Moment war mir erstmals bewusst, welch schwierige Reise ich tatsächlich hinter mir hatte. Demütig bat ich um seinen Beistand, mich die nächsten Wochen zu begleiten. Ich hoffe, meine Gebete wurden erhört.

Es war merkwürdig, ein Pilgerziel als Beginn zu sehen. Ich weiß, dass nichts mehr in meinem Leben sein wird wie es einmal war, und demütig habe ich die Kathedrale verlassen.

Während unserer Reise sind uns viele Pilger begegnet und ich habe einen großen Respekt vor allen, die sich auf den Camino, so heißt der Jakobsweg, gemacht haben. Meine Familie in Spanien hat mir erklärt, dass es verschiedene Motivationen und Arten des Pilgerns gibt. Die Religiöse, die Sportliche, die Touristische und die Sinnsuche. Ich glaube, es beinhaltet alles, mehr oder weniger. Jedenfalls ändert der Camino die Perspektive auf unser Leben.

Ich bin einige Meter des Weges gegangen, jeder Schritt eine Qual und das Bewusstsein, diesen Weg tatsächlich niemals bewältigen zu können, hat mich deprimiert. Im Pilgerort Molinaseca habe ich die alte romanische Brücke überquert und aus dieser Perspektive fotografiert. Als ich mir das Foto auf der

Kamera angeschaut habe, wusste ich, dass es meinen Weg zeigt. Von einer Seite des Flusses, steinig, breit und in der Distanz zur anderen Seite schmal zulaufend und weiterführend auf die Calle Prinzipal, die Hauptstrecke des Camino in Molinaseca. Immer ein Ziel und ein Weg vor Augen. Das hat mir Mut gemacht und ich wusste, das Foto zeigt mir, dass mein Weg weitergeht.

Lebensqualität

Ausgebremst! So fühlt sich mein Zustand nach der OP an. Die Schmerzen halten sich in Grenzen und ich hoffe, es bleibt so. Ich übe mich in Geduld ... versuche es zumindest, denn sinnloses Herumsitzen und Liegen ist nichts für mich. An jeder Ecke wartet Arbeit auf mich, die ich nicht erledigen kann und darf. Zum Glück funktioniert mein Netzwerk und ich habe Hilfe und Unterstützung von allen Seiten. Familie, Freunde und Nachbarn sind einfach unbezahlbar. Es erfüllt mein Herz mit Freude und Liebe, in dieser für mich schwierigen Situation, aber ich spüre auch Erleichterung und Demut. Selbst meine Facebook-Freunde erheitern mich mit ihren Kommentaren während meiner Isolation.

Der Kühlschrank ist voll gepackt, aber mit Kochen wird es noch etwas schwierig in nächster Zeit. Essen und Trinken waren in unserer Vergangenheit, bedingt durch unsere multikulturelle Familie, immer ein zentrales Thema in unserem Leben. Meine Leidenschaft galt stets dem Kochen und Backen, seit ich denken kann. Mit 12 Jahren konnte ich bereits beides, zum Erstaunen der Erwachsenen. Insbesondere für Gäste und für Feste, sowie in meinen diversen Ehrenämtern und Jobs habe ich mich kulinarisch ausgetobt. Ich habe dazu Vorträge oder Seminare gehalten, veranstaltet und organisiert, öffentlich gekocht und Rezepte entwickelt. Jahrelang habe ich in der Bank, in der Waldemar angestellt war, das Catering, inklusive Deko, passend zu den Veranstaltungen übernommen und mir damit ein bisschen Taschengeld verdient. Waldemar hat mich stets dabei unterstützt und war sehr stolz auf meinen Erfolg bei diesen Events.

Er hat selbst so gerne gut gegessen und war ein absoluter Genießer. Gutes Essen ist wie guter Sex hatte er immer gesagt und er hatte recht damit. Mein aktueller Status: kein gutes Essen und gar kein Sex! Außerdem fehlt mir verständlicherweise auch die Lust zu beidem. Die Fähigkeit, beides genießen zu können, ist ein hohes Gut an Lebensqualität und ich bin froh, beides auf unserem Lebenskonto verbuchen zu können.

Als Waldemar krank wurde, verlor er seinen Appetit und konnte das Essen nicht mehr genießen. Oft saß er mit schlechtem Gewissen davor und weinte. Es hat unglaublich wehgetan, ihn so zu sehen. Essen, Reisen, Einladungen, alles wurde zur Herausforderung für ihn, aber auch für mich. Zwei Wochen, bevor er starb, konnte er nichts mehr essen, musste teilweise künstlich ernährt werden und verhungerte letztendlich. Sein ehemals schöner, kräftiger Körper war bis auf die Knochen ausgemergelt und sein Gesicht war tief eingefallen. Er wog nur noch ca. 60 kg, als er starb. Früher hatte er zeitweise über 100 kg gewogen und hatte stets mit seinem Gewicht gekämpft.

Heute bin ich so froh, dass er all die Jahre gut gelebt hat und ich selbst habe kein schlechtes Gewissen mehr, wenn es mir mal wieder zu gut schmeckt. Als ich in Spanien war, habe ich beim Essen oft an ihn gedacht und welche Freude er dabei gehabt hätte. So viele Erinnerungen an Reisen kommen zurück. Gerüche, Geschmäcke auf Märkten und Bazaren dieser Welt. Ein kulinarischer Augenschmaus für die Ewigkeit. Ja, wir haben unser Leben genossen und die Bibel hat recht: Alles hat seine Zeit!

Tief

Sitze beim Frühstück und Tränen laufen über mein Gesicht. Im Radio läuft Fields of Gold von Sting. Die CD hatte mir Waldemar irgendwann in den 90ern zum Geburtstag geschenkt. Nicht nur das Lied macht mich traurig. Seit gestern habe ich ein körperliches und seelisches Tief. Ich fühle mich gefangen, mit offenen Käfigtüren und trotzdem bin ich nicht frei. Die OP hat mich gezwungen, mein Leben anzuhalten und stillzuhalten und ich muss mich mit mir selbst auseinandersetzen und reflektieren. Vielleicht brauchen mein Körper und meine Seele diese Pause.

Schon morgens im Bad hatte ich gestern ein Chaos veranstaltet und mir unnötigerweise den Kopf gestoßen. Die Pflege meines Revuekörpers ist zur Zeit eine artistische, oder eher noch eine akrobatische Nummer. Resultat eine kleine Beule, leichte Kopfschmerzen und danach musste ich mich erst mal hinlegen.

Später habe ich einen Roman zu Ende gelesen, der mich sehr berührt hat. Die Geschichte handelt von einem Mann, der todkrank ist und kurz vor Weihnachten sterben sollte und seiner Frau Briefe geschrieben hat, wenn er nicht mehr da ist. Dann stirbt seine Frau an Heiligabend bei einem Unfall ... und mir kommt Waldemars Frage in den Sinn, als er mich fragte, ob er sterben müsse. Ich sagte schweren Herzens: Ja. Ich konnte ihn nicht belügen, aber ich sagte ihm, dass auch ich sterben muss und vielleicht sogar vor ihm. Wir wissen nicht, was passiert, und alles kommt anders, als wir es uns vorstellen und wünschen.

Im Roman geht alles gut aus, zwar dramatisch, aber gut und gibt mir Hoffnung. Dann erreicht mich die Nachricht über die Krebserkrankung eines Freundes. Das war dann das I-Tüpfelchen des Depritages.

Heute in der Tageszeitung sehe ich die Traueranzeige eines Bekannten, den Waldemar sehr gemocht hatte und dessen Familie wir sehr verbunden waren. Die beiden hatten immer viel Spaß zusammen gehabt und ich hoffe, dass sie sich jetzt wieder begegnen, wo immer sie sind.

Um ihn zu trösten, hatte ich Waldemar gesagt, dass er nicht allein sein werde, dort, wo er hingehe und dass ich ihm folgen würde und er für mich da sein würde. Ich sagte ihm, dass seine Eltern, Papa, mein Schwager, unsere Freunde und alle Haustiere auf ihn warteten. Die Vorstellung, dass alle im Tod vereint sind, hat auch mich getröstet. Vielleicht klingt es naiv, so zu denken, aber ich glaube auch, dass unser Verstand bei Verlust und Trauer nicht funktioniert. Ansonsten könnten wir unseren Emotionen keinen freien Lauf lassen, weil der Verstand unsere Gefühle kontrollieren und blockieren würde.

Jedenfalls weiß ich, dass ich weinen darf und nicht immer tapfer und stark sein muss. Ich bin es nämlich auch nicht!

Sommerloch

Langsam bekomme ich Routine in meinen Bewegungsabläufen, einbeinig humpelnd mit Krücken, oder rückwärts auf dem Rollator sitzend, um mich mit dem gesunden Fuß abzustoßen. Mit dem Airwalker, mit dem ich zwar laufen kann, aber aussehe wie Robocop. Pauli hat Angst vor mir und flüchtet und möchte nicht mit mir kuscheln. Kann ihn echt verstehen. Meine morgendliche Körperpflege im Bad dauert zwar immer noch sehr lange, ist aber mittlerweile viel entspannter. Trotzdem fehlt mir meine Unabhängigkeit und Selbständigkeit. Sich einfach mal ordentlich und schön anziehen und schminken, einfach ins Auto setzen und wegfahren, im Garten arbeiten, oder sich mit Freunden treffen und essen gehen. Ich weiß, dass die Zeit wiederkommt, denn zu viel Zeit mit Nachdenken zu verbringen ist anstrengend.

Ich habe beschlossen, diese 6 Wochen Schonzeit einfach in mein persönliches Sommerloch umzubenennen. Was kommt eigentlich danach? Gute Frage! Ich könnte wieder in den Chor gehen oder meine politische Arbeit wieder aufnehmen und in der

Kirchengemeinde und im Stadtteil gäbe es genügend soziale Projekte für mich. Bin ich schon wieder bereit und stark genug, mich persönlich einzubringen, oder bin ich zu empfindlich geworden?

Bald beginnt der Wahlkampf und es wäre ein guter Wiedereinstieg in mein politisches Engagement. Als Frau aus dem einfachen Volk und Nichtakademikerin ist das leichter gesagt als getan. Die Männer in politischen Führungspositionen mögen keine starken Frauen und die Frauen in besagten Ämtern sind oftmals stutenbissig. In der Politik sollte es eigentlich nicht um persönliche Befindlichkeiten gehen, aber meine bisherigen Erfahrungen mit dieser menschlichen Spezies haben meine Motivation diesbezüglich erheblich gedämpft. Obwohl ich meine Lektionen gelernt habe, sind mein politisches Interesse und die Leidenschaft, die man unbedingt für die Sache benötigt, ungebrochen. Waldemar hat sich immer über meine „Parteifreunde" lustig gemacht. Zu Recht! Bei mir zählt Loyalität und Vertrauen. Nicht nur im politischen Engagement.

Ehrenämter im sozialen Bereich sind eigentlich mein Fachgebiet und hier sind oftmals die Hauptamtlichen das Problem. Die viel zitierte Nachhaltigkeit der Förderprogramme zielt meist nur darauf, den Hauptamtlichen den Job zu sichern. Nach über 20 Jahren Erfahrung auf diesem Gebiet könnte ich ein Buch darüber schreiben.

Eigentlich alles keine Argumente, um mich wieder in die Gesellschaft einzubringen, und doch lodert immer noch diese Flamme in mir, etwas bewegen zu können. Wenn ich mich für etwas einsetze, dann richtig, und nicht, um mich mit meinen Taten und Ämtern zu schmücken. Frau Vorsitzende war ich lange genug, um zu wissen was ich kann und was ich will. Doch irgendwie habe ich das Gefühl, dass es noch was anderes gibt, für das es sich lohnt, mich zu motivieren und mich zu engagieren.

Zunächst werde ich das „Sommerloch" weiternutzen, um in mich hineinzuhorchen und abzuwarten, was das Leben mir noch bietet.

Trockenheit

Mein Garten und meine Terrasse sehen ungepflegt aus. Seit Wochen ist es heiß und es hat kaum geregnet. Der einzige Vorteil besteht darin, dass ich nicht Rasen mähen muss. Gestern haben wir gegrillt und es sieht schrecklich unordentlich aus und durch meine Beinorthese bin ich einfach noch zu unflexibel, um alles wieder in den gewohnten Zustand zu versetzen. Es hat so gut getan, an einem schönen, warmen Samstagabend nicht alleine sein zu müssen. Unter der Woche stört mich das Alleinsein nicht so sehr, aber an den Wochenenden spüre ich die Einsamkeit am meisten. Ich genieße es, Gäste zu haben, obwohl ich zur Zeit keine perfekte Gastgeberin bin. Als Waldemar noch lebte, hatten wir oft Gäste und keine Langeweile an den Wochenenden.

Vorgestern haben mich Freunde abgeholt und mich in einen Biergarten eingeladen. Wir hatten so einen schönen Abend zu dritt und ich habe unsere kleine, intime Konversation sehr genossen. Ich sauge die Gespräche und die Geselligkeit auf wie ein trockener Schwamm und fühle mich wieder lebendig.

Dankbarkeit und tiefe Zuneigung erfüllen mich.

Ich habe eigentlich keine beste Freundin. Ich habe einen besten Freund. Mit ihm kann ich über alles, wirklich alles, reden. Er hat mich in den dunkelsten Stunden meines Lebens begleitet und kennt mich in jeder Lebenslage. Seine Familie gehört für mich zu meiner Familie. Es tut so gut, so sein zu können, wie man ist oder wie man aussieht. Normalerweise gehe ich noch nicht einmal zum Mülleimer ohne Lippenstift, aber bei wirklich guten Freunden braucht man keine künstliche Fassade.

Waldemar tat sich leichter, Freundschaften zu schließen, er war offener und charmanter. Ich bin zu direkt und ehrlich und gehe erstmal in Lauerstellung, wenn ich jemanden kennenlerne, aber wenn jemand mein Freund ist, dann fürs ganze Leben.

Als bei Waldemar der Krebs diagnostiziert wurde, war die Betroffenheit in unserem Freundeskreis sehr groß. Die Trauer und die Anteilnahme nach Waldemars Tod haben mich zutiefst berührt und tun es immer noch.

Auch wenn man eine Familie hat, so sind doch Freunde ein kostbares Geschenk, das man im Leben dazu bekommt, wenn man es zulässt und sich darauf einlässt. Loyalität, Vertrauen und Zuneigung sind eine perfekte Basis, gemeinsam durchs Leben zu gehen. Solange es diese Menschen gibt, die mich in guten und in schlechten Zeiten begleiten, wird meine Seele jedenfalls nicht vertrocknen.

Schicksal

Ich habe gelesen, dass man sich mit dem Wissen von heute einen Brief an das eigene Ich schreiben sollte. Was haben wir gelernt und was können wir im Rückblick verändern? Schon oft habe ich mir diese Frage gestellt und was hätte ich als junge Frau anders machen können? Das scheint einfacher zu sein als es ist, denn die Reflektion der eigenen Vita ist weitaus schwieriger, als man sich es eingesteht.

Außerdem glaube ich, dass unser Weg vorherbestimmt ist und man oftmals, wider besseren Wissens, keinen Einfluss auf das Schicksal nehmen kann. Man spricht in diesem Zusammenhang immer von einem schweren Schicksal, aber nie von einem leichten. Aus dem schweren Schicksal spricht das Drama und das Leichte bezeichnet die Redewendung, dass es das Schicksal gut gemeint hat. Dann ist es ein schönes und gutes Leben ohne große Ereignisse. Man muss es wirklich genauer definieren und wenn ich mein eigenes Leben betrachte, dann würde ich doch eher von einem schweren Schicksal sprechen.

Was allerdings nicht bedeutet, dass mein Leben nicht auch schön und gut war und ist.

Es sind so viele Aspekte in einem jungen Leben zu berücksichtigen, etwa die Herkunft und ob man in einem friedlichen Land geboren wird und lebt. Die Kriegserfahrungen der Generation unserer Großeltern und Eltern hatten einen prägenden Einfluss auf das Leben meiner Generation. Dazu kommen die eigene Familiengeschichte, die sozialen Umstände, Erziehung und Bildung, aber auch unsere eigene Persönlichkeit. Man kann sich nicht aussuchen, in welches Leben man geboren wird, und das Schicksal nimmt automatisch seinen Lauf.

Mein jüngeres Ich hatte es von Geburt an schon nicht leicht und musste lernen, ein starkes, selbständiges Mädchen zu werden und dann eine selbstbewusste junge Frau. Dieser jungen Frau würde ich Folgendes schreiben:

Liebe Irena,

Du hast es nie leicht gehabt, aber trotzdem hast Du die Gabe, die schönen Seiten des Lebens zu genießen und Deine Möglichkeiten zu nutzen. Du hast früh gelernt, Verantwortung zu übernehmen, und gelernt, zu kämpfen. Ich hätte Dir gewünscht, auch mal schwach sein zu dürfen. Außerdem hätte Dir ein bisschen Egoismus gut getan. Du musst Dich nicht immer hinten anstellen und Dein Licht unter den Scheffel stellen. Ansonsten hast Du meistens die richtigen Entscheidungen getroffen. Lerne Dein Leben zu genießen, denn du hast kein anderes.

Alles Gute für Deine Zukunft

Irena

P.S.: Liebe Dich selbst!

Eigentlich bin ich nicht überrascht über meinen Brief und zu gerne hätte ich mit Waldemar darüber diskutiert. Vielleicht hätten wir uns auch in die Haare gekriegt. In den letzten Jahren hatte er meine Weltanschauung als Irenas Philosophiestunde abgetan. Jedenfalls vermisse ich das Philosophieren mit ihm, es hat ihm doch irgendwie gefallen, insbesondere als er krank wurde.

Eines weiß ich mit Sicherheit: Wir können unsere Vergangenheit nicht ändern, haben aber mit dem Wissen von heute alle Möglichkeiten, es für die Zukunft zu tun.

Kameradschaft

Gestern war Sommerfest in Waldemars Ruderverein, in dem ich seit seinem Tod auch Mitglied geworden bin. Allerdings nur passiv, aber Waldemar wäre glücklich gewesen, dass ich den Kontakt zu seinen langjährigen Kameraden aufrechterhalte und den Verein unterstütze. Seine ältesten Freunde gehören dazu, die aber auch alle sehr traurig sind. Waldemar war ein absoluter Vereinsmensch und insbesondere der Ruderverein hatte ihm während seiner Krankheit in vielerlei Hinsicht sehr geholfen, mit seinem Schicksal zurechtzukommen. Während der ersten Chemophase wollte er gerne rudern und seine Kameraden sind ohne zu zögern mit ihm aufs Wasser. Niemals wirkte er wie ein Krebspatient und hat am Vereinsleben festgehalten wie kein anderer. Gestern hat er gefehlt und spätestens als ich auf dem Fest erschienen bin, war sein Tod wieder sehr präsent. Ich fühle mich sehr wohl bei seinen Kameraden und wir haben viel gelacht und Geschichten über Waldemar zum Besten gegeben. Es war das erste Mal, dass ich nicht weinen musste, als wir von ihm erzählt haben. Neulich sagte meine Schwester fast ein bisschen vorwurfsvoll, dass ich unbewusst viel über Waldemar reden würde. Natürlich will ich niemanden damit nerven, aber ich bin noch nicht soweit, dass ich ihn aus meiner Gegenwart ausblenden kann. Ehrlich gesagt werde ich das wohl niemals können, obwohl ich weiß, dass er nur noch in meiner Erinnerung existiert.

Waldemar war ein wahrer Tausendsassa und obendrein noch sehr sportlich. Ich bin das komplette Gegenteil, aber trotzdem hat es mit uns funktioniert. Wir haben uns in vielerlei Hinsicht ergänzt und arrangiert. In einer langjährigen Beziehung ist es wichtig, dass jeder sein Ding machen kann, aber genug Raum bleibt für die gemeinsamen Dinge.

In unseren Anfangsjahren sind wir Motorrad gefahren und waren Mitglieder im Motorradclub. Irgendwann hatten wir keine Lust mehr aufs Motorradfahren und haben alles verkauft. Erst in den letzten Jahren hatte sich Waldemar wieder eine Maschine zugelegt und hat zur Entspannung ein paar Runden gedreht.

Als wir uns kennengelernt haben, fing er an mit Karate und Kung Fu. Musste es aber wegen einer schweren Augenverletzung, bei der fast erblindet wäre, aufgeben. Er war ein großer Fan von Jacques Costeau und wollte tauchen lernen. Das wurde und blieb seine große Leidenschaft. Wir haben viele Tauchreisen unternommen, manche sehr aufregend und abenteuerlich, und dabei viele Freundschaften geschlossen. Ich bin früher meistens mitgereist, hatte aber nie Lust, tauchen zu lernen. Als wir auf den Malediven waren, ist Waldemar am Rande eines Atolls im Indischen Ozean mit Walhaien getaucht. Ich glaube, das war der glücklichste Tag in seinem Leben, und immer, wenn er davon erzählt hat, haben seine Augen geleuchtet.

Eine Leidenschaft konnte ich allerdings nie verstehen: seine Liebe zu Waffen und deren Technik. So war er auch 25 Jahre Mitglied im Schützenverein gewesen und bei uns sah es teilweise aus, als wenn ein Krieg ausbrechen würde. Daher kam auch seine Vorliebe, Fleck-Tarnklamotten zu tragen. Wir haben uns alle drüber lustig gemacht, aber als er starb, habe ich beschlossen, ihn für den

Sarg mit seinen neusten Camouflage-Errungenschaften aus Amerika einzukleiden. Es hätte ihm sicherlich sehr gut gefallen, so auf seine letzte Reise zu gehen.

Einige Jahre war er Mitglied im Drachenboot-Team und diese Zeit hat ihm unglaublich Spaß gemacht. Dieses junge, lustige und ausgelassene Team hat sein Leben sehr bereichert. So kam er in den letzten Jahren durch meine Kontakte im Stadtteil dazu, sich als ehrenamtlicher Reparateur im Reparaturtreff zu engagieren. Genauso wichtig war ihm, aus Liebe zu unseren Stubentigern, die Mitgliedschaft im Katzenschutzverein.

Trotz dieser Fülle an Freizeitbeschäftigungen und Aktivitäten hatte Waldemar immer Zeit für die Familie, für Freundschaften und für mich. Wir hatten uns immer viel zu erzählen und Langeweile kannten wir nicht.

Heute bin ich dankbar für all diese Kameradschaften und die daraus entstandenen Freundschaften. Sie alle helfen mir weiterhin, am Leben teilzunehmen, und Waldemar wird immer ein Teil unser aller Leben bleiben.

Das Mutterherz

Mutterherz steht für bedingungslose Liebe und zärtliche Empfindungen einer Mutter für ihr Kind. Großzügigkeit, Nachsicht, Stolz und Mut gehören zu diesen Attributen, aber auch Schmerz, Sorgen, Angst und Nöte.

Dieses göttliche Geschenk, ein Kind zu empfangen und zu bekommen, ist mit keinem anderen Gefühl zu vergleichen, wenn man dieses kleine Wunder das erste Mal sieht und es stundenlang betrachten könnte. Das können nur Mütter verstehen.

Doch was wird aus diesen süßen Babys?

Laut Waldemar verwandeln sie sich in Teenager-Terroristen, um sich selbst und ihren Eltern das Leben zum Horrortrip zu machen. Da hatte er nicht ganz unrecht, denn mein Mutterherz kämpft gerade mal wieder ums Überleben.

Waldemar selbst war ein braves Kind gewesen und als Erwachsener hat er sich vorbildlich und liebevoll um seine Eltern gekümmert. Ich dagegen war ein rebellischer

Teenager, aber ich habe niemals die Achtung und den Respekt vor meinen Eltern verloren.

Eigentlich sind es die Generationenkonflikte, die jede Eltern-Kind-Beziehung auf eine harte Probe stellen. Dazu kommt die Prägung durch die jeweils eigene Familiengeschichte, was uns allerdings erst als Erwachsene bewusst wird.

Jedenfalls habe ich keine Erwartungshaltung in Bezug auf die klassische Eltern-Kind Beziehung und das ist mir seit Waldemars Erkrankung bewusst geworden. Unsere nachfolgenden Generationen sind zwar durchweg verwöhnter und bequemer in vielen Dingen, als wir es waren, aber ihr Leben wird härter sein als unseres. Späte Ausbildungen oder langes Studium, Suche nach adäquaten Arbeitsplätzen, die dann leider meist nur befristet sind. Teure Mieten, wenig Freizeit, späte Familienplanung, oder Singleleben etc. ... das könnte ich noch endlos ausführen. Nein, ich beneide diese Generation nicht und möchte keinesfalls mehr jung sein.

Wir müssen uns jetzt darum kümmern, dass wir im Alter versorgt sind, um unsere

Kinder nicht noch mehr zu belasten. Deren Rente muss noch härter erarbeitet werden. Ich weiß es selbst am besten, was es heißt, die Berufstätigkeit wegen der Familie aufzugeben. Rententechnisch ganz unten und als Hausfrau gesellschaftlich eine Verliererin. In einigen Ehrenämtern hat man mich das deutlich spüren lassen. Ich möchte nicht, dass es meinem Kind so ergeht, und ich werde keinesfalls erwarten, gepflegt zu werden.

Waldemar blieb dieses Schicksal erspart, alleine zurückbleiben zu müssen und sich Strukturen zu schaffen, die eine möglichst lange Selbstständigkeit ermöglichen.

Jeder ist für sich selbst verantwortlich und sollte nicht erwarten, dass andere alles erledigen. Das gilt für Eltern, aber auch für Kinder.

Weckruf

Eine gute Freundin fragte mich vor einigen Wochen, welche Pläne ich für die Zukunft hätte. Schließlich könnte ich ja nicht nur noch zu Hause rumhängen. Ich hatte mir ja bereits Gedanken darüber gemacht, wie ich der Einsamkeit entfliehen kann. Gestern sagte meine Schwester, dass ihr aufgefallen ist, dass ich ihr in letzter Zeit alles mehrmals erzählen würde und sie darüber besorgt wäre. Allerdings: In dem Ton, in dem sie dies sagte, stellte ich mir wiederum die Frage, ob ihre Sorge mir gilt oder eher ihr selbst. Sie kann zum Glück nicht nachvollziehen, wie es ist, wenn man seinen Partner verliert. Ich hoffe und bete, dass ich nicht mehr allzu oft auf fremde Hilfe angewiesen sein werde. Es hat mir in den letzten Wochen echt gereicht. Die Einsamkeit und die Stille sind meine derzeitigen Gefährten. Es gibt Tage, da spreche ich mit keiner Menschenseele und nur der Kater hört meine Stimme.

Als Waldemar krank wurde, bekam ich Depressionen, aber niemand in meinem Umfeld hat davon Notiz genommen. Seit anderthalb Jahren gehe ich zur Psychotherapie, da ich mit Waldemar nicht über meine Ängste und Sorgen, die ich mir um ihn machte, reden wollte und konnte. Ich bin froh, professionelle Hilfe in Anspruch nehmen zu können, die mir jetzt enorm hilft, meine Trauer zu bewältigen.

Der eigentliche Schock der letzten Woche waren meine Blutwerte, hier insbesondere der zu hohe Blutzuckerwert. Seit letztem Jahr bereits das 2. Mal erhöht und das ist eine Vorstufe einer Diabetes. Davor habe ich Angst, denn nur zu gut weiß ich, was der Diabetes aus meiner Mutter gemacht hat. Also musste ich umgehend zur Ernährungsberatung, die dringend von Nöten war, aufgrund meiner Leibesfülle und meiner Lebensweise. Fazit: Ich muss abnehmen, ca. 20 kg! Keine wirkliche Überraschung und nichts Neues in meinem Erwachsenenleben. Ich habe so viele Diäten gemacht, aber meine Genusssucht hat stets gewonnen. Waldemar fiel das Abnehmen wesentlich leichter, obwohl er im Gegensatz zu mir eine Vorliebe für Süßes hatte. Wir beide haben damals alles versucht, aber ich gebe zu, dass ich zu schwach war, den

Freuden des Lebens zu widerstehen. Vorbei mit Dolce Vita!

Wieder mal eine Runde Selbstmitleid, aber es hilft alles nix. So habe ich dann letztendlich beschlossen, mit Profis abzunehmen und mich bei einem exklusiven Programm angemeldet, bei dem ich auch zukünftig unter Kontrolle bleibe. Ich komme mir tatsächlich vor wie ein Junkie auf Entzug, der schnellstmöglich clean werden muss.

Waldemar hat meine Rundungen und meine Sinnlichkeit geliebt und ich habe mich geliebt und zufrieden gefühlt. Ich weiß, dass Waldemar mich jetzt unterstützen würde und dass er wollte, dass wenigstens ich in Zukunft gesund bleibe. Ich habe den Weckruf gehört!

Mir ist durchaus bewusst, dass es ein langer und schwieriger Weg wird, aber er beantwortet zumindest die Frage, wie meine Pläne für die Zukunft sind. Ein weiterer Vorteil ist die Gelegenheit, der Einsamkeit zu entfliehen, und dass ich täglich die Möglichkeit habe, mich mit anderen Menschen austauschen zu können und mich jeden Tag jemand fragen wird, wie es mir geht. Fortsetzung folgt ...

XXL Störfaktor

Vor genau 37 Jahren sind wir in unser Haus gezogen. Gestern habe ich Fotos aus dieser Zeit angeschaut und darauf sieht man, wie stolz und glücklich wir damals waren und so jung. Wenn ich heute die Bilder betrachte, denke ich darüber nach, was seitdem aus mir geworden ist. Rein optisch eine gestandene XXL-Frau. Ich war schon immer groß und gut gebaut und über die Jahre bin ich aufgegangen wie eine Butterbrezel. Die Fotos motivieren mich gerade, meine Ernährungsumstellung durchzuhalten.

Meine Schwiegereltern hatten von Anfang an ein Problem mit mir. Ich war damals zu jung und auch nicht gut genug als Schwiegertochter. Insbesondere meine Herkunft spielte eine Rolle, obwohl beide selbst aus einfachen Verhältnissen stammten. Oft hörte ich meinen Schwiegervater sagen: „Der Waldemar hätte ganz andere Partien machen können … " Er war taktlos und übergriffig in vielen Bereichen und erschwerend kam hinzu, dass meine Schwiegereltern im Nachbarhaus gewohnt hatten und unser Haus annektiert hatten. Ärger war vorprogrammiert und als unser Kind da war, fingen sie an, sich auch noch in die Erziehung einzumischen. Es war ein jahrelanges Gerangel, aber aus Liebe zu Waldemar habe ich es ertragen. Als unser Kind im Kindergartenalter war, sagte meine Schwiegermutter eines Tages zu ihr, dass ich aussehen würde wie ein Nilpferd. Auch mein Schwiegervater sagte zu Waldemar, ob er sich nicht mit mir schämen würde. Das war dann auch für Waldemar zu viel und ich bin froh, dass unsere Ehe nicht wegen seiner Eltern gescheitert ist. Wir haben 25 Jahre Haus an Haus gelebt und ich habe mich stets um beide gekümmert, besonders, als sie alt und krank wurden. Aus Respekt, dass sie die Eltern meines Mannes waren, und aus Dankbarkeit, dass sie unser Kind betreut haben, wenn ich arbeiten musste.

Mein Schwiegervater war insgesamt dreimal an Krebs erkrankt und ich habe ihn zu allen Arztgesprächen und Therapien begleitet. Während seiner letzten Krebserkrankung fing er an, mich zu beschimpfen; da ist mir endgültig der Kragen geplatzt. Ich habe ihm meine Freundschaft gekündigt und mich fortan nicht mehr um ihn gekümmert. Zu diesem

Zeitpunkt war ich selbst krank und er hatte noch nicht einmal gefragt, wie es mir geht. Meine Schwiegermutter hatte seit 2001 Alzheimer und ich musste viele Aufgaben in ihrem Haushalt übernehmen. Letztendlich habe ich meinen Job aufgegeben und sie betreut. Sie wurde aggressiv und böse und als mein Schwiegervater starb, konnte sie dessen Tod schon nicht mehr realisieren.

Doch das eigentliche Gefühl für mich war damals unbeschreiblich, als beide nicht mehr im Nachbarhaus lebten. Ich fühlte mich das erste Mal frei in unserem eigenen Haus. Keine Überwachung, keine Vorwürfe, keine Verpflichtungen und vor allem keine Beleidigungen mehr. Für Waldemar hat es mir leid getan, aber er hat auch gemerkt, welche Bürde uns genommen wurde.

Manchmal denke ich darüber nach, ob die eventuell besseren Schwiegertochterpartien das alles ertragen hätten. Ich glaube, sie wären alle weggelaufen, aber ich bin bis zum Schluss geblieben und habe gekämpft. Waldemar hat es erst spät verstanden, aber es waren seine Eltern und er liebte sie. Für sie war und blieb ich ein Störfaktor.

Heute kümmere ich mich um ihr Grab, weil es Waldemar wichtig war. Die Zeit der Kämpfe ist lange vorbei und ich habe meinen Frieden geschlossen.

Wochenend-Blues

Samstagabend und draußen schönstes Biergartenwetter. Allerdings sind die Wespen so nervig und aggressiv, dass es keine Freude macht, draußen zu sitzen, geschweige denn etwas zu essen. Ursprünglich hatte ich geplant, mich mit Freunden auf einen Salat zu treffen, aber ich fühle mich unwohl. Die Ernährungsumstellung macht meinem Körper zu schaffen, obwohl ich in den letzten beiden Wochen über 6 kg abgenommen habe. Erstaunlicherweise habe ich weder Hunger noch Appetit und fühle mich eher vollgefressen und aufgebläht. Keine guten Voraussetzungen um auszugehen. Es liegt noch ein langer Weg vor mir und ich hoffe, mein Körper gewöhnt sich an das andere Essen. Ansonsten wird es sehr ungemütlich mit mir in der nächsten Zeit.

Einerseits sehne ich mich nach Gesellschaft und Unterhaltung, aber andererseits ist mir alles zu viel. Ich glaube, dass ich noch lange nicht in mein Leben gefunden habe und ehrlich gesagt bezweifele ich, ob es jemals wieder gelingt.

Vor ein paar Tagen durfte ich die Gehorthese und die nächtliche Gipsschiene ablegen. Befreiung! Allerdings ist das Laufen ungewohnt und schmerzt ein wenig. Ich bin total eingerostet und ungelenk. 6 Wochen sitzen und liegen haben ihren Tribut gefordert. Mein Haushalt und mein Garten schreien nach Zuwendung und der gewohnten Pflege. Die unerträgliche Hitzewelle der letzten Wochen hat mir den Rest gegeben. Also bleibt mir die Hoffnung auf kühlere Tage, die Rückkehr meiner Energie, die Wiederherstellung meiner Gehfähigkeit und den Erfolg meiner Diät.

Das sind die Ziele und die aktuellen Herausforderungen in meinem Alltag. Vielleicht kommt es mir nur so vor, weil ich mich einsam fühle. Es sind diese stillen Mahlzeiten und die Abende alleine vor dem Fernseher. Am schlimmsten sind die Wochenenden. Nichts ist wie es war und ich vermisse Waldemar mehr denn je. 8 Monate sind bisher vergangen und jeden Tag fallen mir tausend Dinge ein, die wir gemeinsam gemacht und bewältigt haben. Dann bin ich traurig und die Tränen kullern unaufhaltsam.

In diesen Momenten fühle ich mich in meiner Trauer gefangen und das Leben da draußen zieht an mir vorbei. Ich lebe in einer Art Parallelwelt und habe Angst, dass ich nicht mehr hier herauskomme. Diese Angst lähmt mich. Also werde ich mich heute Abend wieder auf die Couch legen und fernsehen. Waldemar hat das sehr gerne getan und diese Abende genossen. Er hatte sich immer scherzhaft für später verabredet, mit der Couch und seinem Kater, wenn er aus dem Haus ging. Wenn er dann nach Hause kam, sagte er zum Kater: „Hast du auf mich gewartet und mich vermisst, mein Paulmann? Wir zwei gehen gleich auf die Couch kuscheln". Dann haben die beiden am liebsten Bud Spencer und Terence Hill-Filme geguckt, die Waldemar eigentlich schon alle kannte, und sind dann beide eingeschlafen.

Erst dann konnte ich umschalten und bei der Schlafsession überwachen. Wenn Waldemar schließlich aufwachte, fragte er immer, wie der Film ausgegangen ist, obwohl er genau wusste, dass ich umgeschaltet hatte. Immer das gleiche Ritual und immer belustigend. Danach ging er zu seinem Süßigkeitenschrank, bei uns Schnackelschubladen genannt. 3 Schubladen mit Süßigkeiten und 2 Schubladen mit Knabbersachen waren der Inhalt. Das konnte er mit geschlossenen Augen. Den Schnackelschrank habe ich nach seinem Tod entfernt. Früher hat er immer noch ein Glas Milch getrunken und zum Kater gesagt: „Wollen wir ins Bett gehen?" und der Kater antwortete damit, indem er die Treppen hoch ins Schlafzimmer gerannt ist. Ich war außen vor, habe aber immer schmunzelnd gedacht, dass Pauli irgendwann mal antwortet. Ich rede auch mit Pauli, aber es ist nicht wie mit seinem Couchbuddy und Kumpel Waldemar. Die beiden hatten sich gesucht und gefunden. Mir wurde es mit diesem allabendlichen Unterhaltungsprogramm nie langweilig. Außerdem war Waldemar zu mir ebenso liebevoll und zärtlich, auch wenn er nicht immer genauso mit mir geredet hat. Jetzt fällt es mir eher schwer, die einsamen Fernsehabende zu genießen. Pauli bleibt bei dem Wetter lieber draußen und ich liege alleine auf der Couch. Heute auch wieder alternativlos und langweilig!

Weltenbummler

Die Hitzewelle hält immer noch an und vor 8 Wochen habe ich das letzte Mal den Rasen gemäht. Langsam beginnt er sich wieder grün zu färben und zu wachsen, wenn leider auch nur das Unkraut. Meine kleine Stadtoase sieht einfach schrecklich aus. In den letzten Jahren sind wir im Sommer lieber zu Hause geblieben und haben unseren schönen Garten genossen und gepflegt. In diesem Sommer hatte ich keine Freude daran, draußen zu sitzen, denn erst abends wurde es erträglicher, um sich auf der Terrasse wohlzufühlen. In wenigen Wochen wird auch dieser Sommer vorüber sein, der erste Sommer ohne Waldemar.

Als unser Kind noch zur Schule ging, haben wir es gehasst, in den Ferien verreisen zu müssen. Alleine der Hickhack am Arbeitsplatz mit der Urlaubsplanung und die Abstimmung mit den Kollegen waren schon am Anfang des Jahres eine Katastrophe. Meistens sind wir nach Spanien in unser Haus gefahren und später geflogen, obwohl die Autofahrten wesentlich erlebnisreicher waren. Als Teenager verbrachte unser Kind viele Wochen in den Ferien bei meinen Eltern in Spanien. Durch Waldemars Hobby hat es uns aber nach und nach auch woanders hingezogen und besonders gut haben uns die Urlaube in der Bretagne gefallen. Wir hatten alle drei unseren Spaß und für mich waren es die schönsten Ferien. Nach und nach wurden unser Ferienziele exotischer, was allein dem Tauchen geschuldet war. Waldemar liebte die Herausforderung und ich hatte immer Angst um ihn. Als dann auch noch unser Kind mit 14 Jahren das Tauchen lernte, wurde meine Angst noch größer. So betauchten beide im Roten Meer das Schiffswrack der Thistle Gorm und hatten jede Menge Delfinbegegnungen. Waldemar tauchte mit seinen Vereinskameraden auf den Orkney Islands, im Norden von Schottland, nach versunkenen Kriegsschiffen aus dem 1. Weltkrieg. Das fand er ganz toll und ich war in dieser Zeit auf Konzertreise, mit meinem Chor in den USA. Das war wiederum für mich ein Highlight in meinem Leben. Unvergessliche Augenblicke und Erlebnisse. Wir waren auf den Malediven im Süd Ari Atoll, zu dem man nur mit dem Wasserflugzeug gelangte. Sehr abenteuerlich und Waldemar konnte mit Walhaien tauchen und schnorcheln. Das hatte ihn bis zu seinem Lebensende tief beeindruckt. In Mexiko ist er in den Cenoten, einem unterirdischen Süßwasser- Höhlensystem, getaucht. Von der Karibik war er eher enttäuscht und auch im Oman gab es nichts Außergewöhnliches für ihn. Später hat er immer gesagt, dass eigentlich die Vereinsfahrten mit dem Tauchclub an die Costa Brava am schönsten gewesen waren. Riesige Zackenbarsche sind dort die Attraktion, aber die Kameradschaft hat die Reisen immer zu etwas Besonderem gemacht. Auch unsere Reisen mit Freunden oder dem Gesangverein sind unvergesslich.

Als Waldemar vor 3 Jahren an Krebs erkrankte, bekam er kein tauchärztliches Attest ausgestellt und das hatte ihn zutiefst deprimiert. Er wusste auch, dass er es nicht geschafft hätte, und als ihm dann im letzten Sommer die Taucherlaubnis wieder erteilt wurde, war er überglücklich und zuversichtlich. Ich hatte erneut Angst um ihn, mehr denn je. Die Krankheit hatte seinem Körper sehr zugesetzt und er hatte während der Therapien verbissen an seiner Fitness gearbeitet und trainiert. Als er dann letzten September, nach seinem letzten Geburtstag, 2 Tauchgänge in Kroatien gemacht hatte, war er sichtlich stolz und glücklich. Er setzte alle Hoffnung darauf, seinen ausstehenden 800. Tauchgang in Thailand machen zu können. Dorthin wollten wir im Januar über unseren 36. Hochzeitstag reisen. Ich hatte sogar schon neue Sommerklamotten für ihn gekauft, weil er so abgenommen hatte.

Alle unsere Hoffnungen und Träume wurden Ende November zerstört während unseres Aufenthaltes in Tennessee, über Thanksgiving bei meiner Familie, als Waldemar dort schwer krank wurde. Das wurde unsere tragischste Reise, leider auch unvergesslich.

Auch wenn ich meine Erlebnisse nicht mehr mit Waldemar teilen kann, so bleiben mir doch die Erinnerungen und viele Fotos. Ich möchte weiterhin reisen, solange es mir möglich ist, und Waldemar wird in meinem Herzen dabei sein.

Kleider machen Leute

Gestern musste ich mir einige neue Klamotten kaufen, weil mir bereits vieles zu groß geworden ist. Übergangsklamotten, bis ich die nächsten 10 kg abgenommen habe. Die ersten 10 kg habe ich diese Woche geschafft und bin ganz glücklich darüber, weil es mir nicht schwergefallen ist. Ab jetzt wird es schwieriger und ich hoffe, mich bis November weiter motivieren zu können. Dann wäre eine neue Kollektion erforderlich, aber das ist tatsächlich noch Zukunftsmusik.

Waldemar hatte seine eigene Modephilosophie. Man muss sich wohlfühlen in seinen Kleidern. Wir haben uns immer darüber lustig gemacht, aber eigentlich war es eine Aversion gegen den bestehenden Kleiderzwang. Er fühlte sich fremdbestimmt durch seinen Beruf als Bankkaufmann, mit dieser Etikette. Seine Eltern wollten immer, dass er was Besseres wird als sie selbst. Mit Schlips und Kragen, das macht was her … höre ich sie immer noch. Sie verweigerten ihrem Sohn eine Ausbildung zum Automechaniker oder zum Feuerwehrmann. Das wollte er so gerne werden und durfte nicht mal daran denken.

Anzüge und Krawatten waren ihm total ver-hasst und aus Protest lief er in seiner Freizeit am liebsten im Blaumann oder sportlich und leger herum. Später kam dann noch seine Vorliebe für Fleck-Tarn-Freizeitbekleidung hinzu. So besorgte ich ihm seine komplette Garderobe, da er auch stundenlanges Anpro-bieren in Geschäften hasste. Für mich war es einfach, denn er zog alles an, was ich aus-suchte. So war er wenigstens immer modisch gekleidet und bekam viele Komplimente, was ihm natürlich schmeichelte. Seine gepflegte Erscheinung und sein Charme brachten ihm einige Verehrerinnen. Das blieb bis zu sei-nem Lebensende so. Sogar meine Schwes-tern, Tanten und Cousinen in Amerika waren total verzückt von ihm. Das gefiel ihm au-ßerordentlich gut und er genoss es.

Trotz meiner Übergröße ist es mir bisher gelungen, auch für mich meinen eigenen Stil zu finden. Guter Geschmack hat nichts damit zu tun, ob man dick oder dünn ist, und auch nichts damit zu tun, ob man arm oder reich ist. Ich entschuldige es aber keinesfalls, wenn jemand ungepflegt durchs Leben geht.

Ich stamme auch aus einfachen Verhältnissen und meine Eltern konnten uns keine Barbie-Puppen oder Levis Jeans kaufen. Wir hatten Petra-Puppen und Wrangler Jeans. Waldemar ist eigentlich auch bescheiden groß geworden, sah aber immer aus wie aus dem Ei gepellt. Der ganze Stolz seiner Eltern und auf allen Fotos herausgeputzt. Meine Schwiegereltern legten großen Wert auf Äußerlichkeiten.

Dann kam ich 1978, im zarten Alter von gerade noch 16, in ihr Leben. Groß, kräftig und unpassend für ihren Sohn, oder eher für sie. Ich war bescheiden und verliebt und verdiente sehr wenig Geld, war aber immer modisch und gestylt. Nicht nur das hatte Waldemar gefallen. Auch heute noch brauche ich keine teuren Labels, um zu zeigen, was ich trage oder wer ich bin. Ich trage die Klamotten und nicht sie mich. Jeder entwickelt seinen eigenen Stil und sogar Waldemar hatte es geschafft, mit seinen modischen Vorlieben unvergesslich zu bleiben.

Sonntags

Ich habe heute mal länger geschlafen, besser gesagt ohne Wecker oder Termine im Hinterkopf. Außerdem ist es nicht mehr so heiß und es wird später hell. Ansonsten leide ich unter seniler Bettflucht und habe mich im Laufe der Jahre von einer Nachtigall in eine Lerche verwandelt. Alles ändert sich im Leben.

Pauli kommt nachts auch wieder ins Haus und er ist so lieb und pflegeleicht, dass es schon wieder herzerwärmend ist. Mein kleiner Seelentröster, besonders heute an einem Sonntag, wenn die Erinnerungen zurückkommen. Waldemar hat immer morgens früh die Katzen versorgt und mit ihnen geschmust. Er hat den Müll rausgetragen und Kaffee gemacht. Dann haben wir lange und gemütlich gefrühstückt, Zeitung gelesen und die Werbeprospekte durchstöbert. Danach waren wir wieder müde und mussten auf die Couch, ein Nickerchen machen, fernsehen, kuscheln etc., Füße massieren und zwischendurch Kaffee oder Tee trinken. Sonntags haben wir nie viel geredet und unsere Zweisamkeit genossen. Spätnachmittags haben wir uns einen guten Wein aufgemacht oder auch mal einen Champagner. Ich habe uns was Köstliches gekocht und wir waren glücklich, satt, zufrieden und haben Tatort geguckt.

Das war so, bis er krank wurde. Alles veränderte sich und eine lähmende Angst wurde unser ständiger Begleiter. Die Hoffnung auf Heilung hat ihn in den zweieinhalb Jahren seiner Krebserkrankung aufrechterhalten. Es muss ihn unglaublich viel Kraft gekostet haben, ein halbwegs normales Leben führen zu können. Nie hat er gejammert und alles tapfer ertragen und weitergemacht. Ich habe gelitten, die Wut auf diese scheiß Krankheit und den Schmerz darüber, ihn so zu sehen, die Trauer um unser schönes Leben und die Hoffnungslosigkeit.

Krebs ist ein Arschloch!

Letzte Woche war ich bei meiner Rheumatologin und sie war sehr zufrieden mit mir. Wenigstens etwas Positives und sie fragte mich, wie es mir ansonsten gehe nach Waldemars Tod. Ich sagte ihr, dass ich eigentlich ganz gut zurechtkomme im Alltag, nur die Wochenenden seien schwer zu ertragen. Ich versuche an die guten und schönen Sachen zu denken und an die Freude, die wir zusammen hatten. Es gelingt mir immer öfter, denn schließlich gab es ja auch 37 gemeinsame Jahre vor seiner Erkrankung. Doch da gab es eben auch diese Sonntage und ich bin dankbar, dass ich sie mit Waldemar teilen konnte, aber auch traurig, dass sie nur noch in meiner Erinnerung existieren.

Jetzt schreibe ich sonntags meine Geschichten auf, dann ist Waldemar mir wieder nah und ich fühle mich nicht mehr so einsam und ungeliebt.

Wilde Mischung

Ein dreiviertel Jahr bin ich nun schon alleine. Neun traurige und einsame Monate. Zum Glück muss ich nicht mehr bei jeder Erinnerung an Waldemar weinen, doch ab und zu schießen die Tränen unwillkürlich in meine Augen und ein kurzer Schmerz, gemischt mit einer Spur Selbstmitleid, kommt an die Oberfläche. Es wird weniger, aber eben nicht weniger schmerzhaft. Ich glaube, es sind diese Phantomschmerzen, die man nach Amputationen empfindet, weil man immer noch was spürt. Außerdem habe ich den Eindruck, dass ich alles viel intensiver spüre und fühle.

Zur Zeit bin ich auch etwas gelassener mit der Abwicklung von Waldemars Nachlass und setze mich nicht mehr so unter Druck. Mein Ehrgeiz und mein Eifer, alles erledigen zu müssen, sind etwas ausgebremster als üblich. Vielleicht liegt es an der Fuß-OP, die mich demütiger gemacht hat. Ansonsten sind meine „Vitalzeichen" okay. Ja, ich lebe, aber ich fühle mich unvollständig.

Man soll sich selbst lieben und das ist gar nicht so einfach. Ich soll mich um mich selbst kümmern und gut zu mir sein. Den Anfang habe ich ja schon gemacht, als ich die Ernährungsumstellung begonnen habe. Es läuft gut und körperlich fühle ich mich eigentlich wohl. Bisher habe ich in den letzten 6 Wochen 14 kg Gewicht verloren und neue Klamotten sind schon wieder vonnöten. Ich bekomme Komplimente und mein Ego fühlt sich, zugegebenermaßen, geschmeichelt. Trotzdem kostet es mich Kraft, einfach so weiterzumachen, aber irgendwie tue ich es.

Leben heißt Kampf und ich bin eben doch ein „Warrior", wie meine Schwester behauptet, genau wie meine indianische Großmutter, und es muss wohl doch an den Genen liegen. Ich gehöre wohl zur Gattung exotischer Mischlinge auf diesem Planeten. Die Kraft und die Stärke der Gene beeinflussen uns instinktiv und wir können gar nicht anders sein und handeln.

Meine Mutter ist zwar Deutsche, aber mit Sinti-Wurzeln. Ihre Großmutter war Zigeunerin. Die Familie meines Großvaters waren Jenische und sind als Korbflechter durchs Land gereist. Mein Opa ist aber nach seiner Hochzeit sesshaft geworden und wurde Postangestellter. Er wurde im 2. Weltkrieg sogar als Soldat eingezogen, obwohl er ein Zigeunermischling war. Einige seiner Verwandten wurden in den Gaskammern umgebracht und nur wenige haben überlebt.

Mein Vater war Amerikaner mit indianischen, schottischen und irischen Wurzeln. Angeblich Nachfahren eines schottischen Königs. Man darf mich auch gerne mit „Mylady" ansprechen! Trotz aller Erkenntnisse habe ich eine Genanalyse machen lassen und die hat noch viel mehr ergeben, als ich bereits wusste. Ein hoher iberischer Anteil, sowie norwegisch, das waren die Wikinger, die in Schottland und Irland eingefallen sind. Geringe Anteile südostasiatischer, südafrikanischer und südamerikanischer Gene gesellen sich zu diesem menschlichen Cocktail. Halleluja! Sieht man mir alles nicht an, bin äußerlich enttäuschend langweilig.

Waldemars Genanalyse war für uns belustigend. Er behauptete immer, ein echter Deutscher zu sein und nicht so ein Promenadenmischling wie ich. Es kam heraus, dass er hauptsächlich russische und toskanische Wurzeln hat. Von wegen Waldemar, Wladimir! Der übrigens sehr gerne italienisch aß. Passt doch! Unser armes Kind ist demnach eine noch wildere Mischung und dies ist auch offensichtlich.

Waldemar und Irena sind beides slawische Vornamen und oft dachten die Leute, wenn wir uns vorstellten, dass wir Russlanddeutsche wären. Wir haben uns darüber amüsiert und ich habe dann gesagt, dass wir eine gelungene Integration wären und sogar akzentfrei hessisch sprechen. Einmal habe ich es auf die Spitze getrieben, als wir Namensschilder auf einer Veranstaltung beschriften sollten und habe uns Waldemar und Irena Stroganoff genannt. Es kannte uns sonst keiner und wir hatten eine Menge Spaß.

Herrn und Frau Stroganoff wurde es nie langweilig, aber mein Leben ist ohne ihn todlangweilig.

Berufstrauma

Brennesseltee ist wirklich nicht lecker, stelle ich gerade fest, aber gesund. Ich muss meinen Kaffeekonsum drosseln, aber zum Schreiben brauche ich Koffein. Nächstes Mal also lieber wieder mit Kaffee ...

Waldemar hat früher in der Bank viel Kaffee getrunken und dazu kam noch das Rauchen. Damit hat er allerdings erst im Alter von ungefähr 40 angefangen. Ich habe noch nie geraucht und finde es schrecklich und habe immer zu ihm gesagt, einen Raucher küssen zu müssen, ist wie einen Aschenbecher auszulecken. Bäh! Da helfen auch keine Pfefferminzbonbons oder Kaugummis. Als er älter wurde, fing er auch noch an, Zigarren zu qualmen, und auch hier musste ich meine Meinung kundtun, denn ich finde Zigarren riechen wie vollgepinkelte Wolldecken. Als er krank wurde, hörte er auf zu rauchen und Kaffee schmeckte ihm nicht mehr. Weil sein Immunsystem so geschwächt war, konnten wir uns leider nicht mehr so oft küssen wie gewohnt.

In der Bank war Waldemar ein Mädchen für alles und auch die Kunden hatten keine Hemmungen, nach Dienstschluss und an Wochenenden bei uns anzurufen. Des Öfteren rief die Polizei spät abends bei uns an, wenn ein Alarm ausgelöst wurde, weil sich die Bankeingangstür nicht schließen ließ. Da wir vor Ort wohnen, wurde Waldemar informiert. Einmal hatte er Samstagabend schon etwas getrunken und konnte nicht mehr fahren, da haben ihn die Polizisten sogar abgeholt und wieder nach Hause gebracht. Sehr zur Verwunderung der Nachbarschaft. Manche Kunden dachten sogar, er wäre der Direktor. Hätte mir jetzt im Nachhinein auch besser gefallen, wegen der Witwenrente. Bis Anfang der 90er Jahre hatten er und seine Kollegen noch einen richtig tollen Job, der sich aber immer mehr veränderte und den klassischen Bankkaufmann immer mehr verdrängte. Der stetig zunehmende Vertriebsdruck und die Übernahme durch andere Banken stressten ihn enorm. Insgesamt 4 Mal wurde die Bank übernommen und damit änderte sich auch die jeweilige Philosophie. Es ging aber nur noch um die Zahlen und

Waldemar sagte, dass er sich vorkomme, wie bei einer Drückerbande beschäftigt zu sein. Er hat sehr darunter gelitten und oft blieb ihm keine Zeit für die Ablage und er erledigte an den Wochenenden seine liegengebliebene Schreibtischarbeit. Der Burn-out war vorprogrammiert. Dazu kamen in seinem letzten Arbeitsjahr 2 Banküberfälle und nach dem letzten Überfall war er dermaßen traumatisiert, dass er nicht mehr arbeiten konnte. Es folgten Depressionen und er musste 6 Wochen in eine Klinik. Vollkommen verdrängt hatte er die beiden Banküberfalle Anfang der 80er Jahre. Damals hatte ein Täter sogar geschossen und das kam jetzt alles zurück in Form eines posttraumatischen Stress-Syndroms. Insgesamt 4 Banküberfälle in einem Berufsleben sind definitiv 4 zu viel und bedauerlicherweise hatten seine Vorgesetzten wenig Verständnis für ihn. Mit seinen Arbeitskollegen hatte er allerdings über 30 Jahre ein sehr freundschaftliches Verhältnis und sie haben sich auch später noch getroffen.

Waldemar wurde nach einem langen und schwierigen Prozess letztendlich verrentet. Leider nur mit einer Erwerbsminderungsrente, da er sein Renteneintrittsalter noch nicht erreicht hatte. Das war eine sehr schwere Zeit und auch die finanziellen Einbußen waren spürbar. Trotzdem bin ich heute froh, dass er noch einige Jahre sein Rentnerdasein genießen konnte. Als nicht berufstätige Witwe habe ich diesen Rentnerstatus übernommen und habe mich mittlerweile damit arrangiert, obwohl es finanziell grenzwertig ist. Körperlich und seelisch wäre ich zur Zeit überhaupt nicht in der Lage, eine Berufstätigkeit auszuüben, was mich etwas deprimiert. Meine eigene sehr bescheidene Rente steht mir erst in 9 Jahren zu. Bis dahin hat Waldemar gut für mich gesorgt und ich bin ihm unendlich dankbar.

Happy Birthday, Waldemar!

Der erste Geburtstag im Himmel, vereint mit allen, die uns schon verlassen haben. Friedlich feiernd und ohne Sorgen und Leid. Genauso versuche ich mir das vorzustellen, um mich selbst zu trösten.

Eine Woche war ich mit meiner Mutter in Spanien in unserem Familienhaus, um genau vor diesem Geburtstag zu fliehen. Kurz vor unserem Abflug bin ich auf den Friedhof gegangen, zu Waldemars Grab, und es ist mir verdammt schwer gefallen. Alleine wenn ich daran denke, dass wir genau vor einem Jahr seinen letzten Geburtstag in Kroatien gefeiert haben. Damals hoffnungsvoll und froh.

In diesem letzten Jahr hat sich mein Leben komplett verändert und ich beginne langsam auch wieder das Positive zu erkennen und wertzuschätzen. Zugegeben, das ist nicht gerade einfach!

Einfach war es auch nicht mit Mama allein und deshalb hatte ich auch gar keine Zeit zum Grübeln. Sie ist sehr hilfs- und pflegebedürftig geworden und die zunehmende Demenz ist allgegenwärtig. Sie hängt sehr an dem Haus und den Erinnerungen, die sie aber auch sehr melancholisch werden lassen. Es war auch für sie anstrengend, aber sie weiß auch, dass es vielleicht ihre letzte Reise dorthin gewesen sein könnte. Viele Erinnerungen stecken in unserem Ferienhaus, aber es hat mich nicht so traurig gemacht wie ich dachte. Eigentlich war es das Gefühl einer großen Dankbarkeit, die mich erfüllt hat, und als ich in der Kirche für unsere Lieben Kerzen angezündet habe, auch eine für diese tiefe Dankbarkeit.

Eines der wichtigsten Dinge im Urlaub sind das Essen und Trinken, aber diesmal musste ich mich zurückhalten. Bis auf Waldemars Geburtstag, da hatte ich eine halbe Flasche Sekt und eine halbe Flasche Weißwein intus. Mit dem Resultat, dass ich meine Handy-PIN dreimal falsch eingegeben habe. Katastrophe! Und das bei meinem Gedächtnis … peinlich! Handy funktioniert wieder. Obwohl ich ansonsten sehr diszipliniert war, habe ich leider 800g zugenommen. Zum Trost musste ich mir 2 Handtaschen und 2 Paar Sneakers kaufen.

Die Flucht vor Waldemars Geburtstag war eher verflucht. Im Flieger nach Spanien saßen geschätzte 50 schreiende Kleinkinder. Waldemar hätte sich bestimmt einen Fallschirm bringen lassen. Dann ein Mietwagenfiasko in Alicante und in unserem Haus gab es kein warmes Wasser im Bad, die Spüle war verstopft, eine Steckdose hing aus der Wand und die englische Nachbarin scheint schwerhörig zu sein. Ihr Fernseher lief Tag und Nacht ... Ich hatte jede Nacht Albträume, bin von Mosquitos zerstochen worden, habe mir den Zeigefinger eingeklemmt und mir den Kopf gestoßen. Allerdings am schlimmsten war es für mich, dass mein operierter Fuß plötzlich schmerzte. Ich lief schlimmer als meine Mutter und das Treten der Kupplung gab mir den Rest.

Aber ich liebe das Meer, die Wellen, den Wind und ich habe das Baden im Meer genossen, als ob ich das erste Mal an einem Strand gewesen wäre. Meine Sehnsucht nach unbeschwerten und entspannten Urlauben war wieder da und ich hoffe, dass ich in diesem Leben noch mal das Glück habe, in diesen Genuss zu kommen.

Das Nachhausekommen hat mich dieses Mal mit Freude erfüllt. Das Gefühl von Sicherheit und Geborgenheit gibt mir Ruhe, Kraft und Frieden. Ich glaube, so sollte sich ein Zuhause auch anfühlen. Waldemar und ich haben uns ein gemütliches Refugium geschaffen und dafür bin ich sehr dankbar und glücklich. Ich bin froh, dass ich dieses Glück empfinden kann und ganz besonders über die liebevolle Begrüßung, die mir bei meiner nächtlichen Heimkehr durch Pauli zuteilgeworden ist.

Abschied vom Sommer

Es ist schon Oktober und die Temperaturen sind immer noch sommerlich warm. Trotzdem habe ich beschlossen, die Gartensaison offiziell zu beenden. Umpflanzen, neu pflanzen, entsorgen, wegräumen und alles winterfest machen. Das macht allerdings nur Spaß, wenn es noch trocken und warm draußen ist. Waldemar und ich haben diese Arbeiten immer gemeinsam erledigt, nur in den letzten Jahren musste ich immer mehr übernehmen. Leider sah mein Garten in diesem Jahr nicht so perfekt aus wie sonst, was aber in Anbetracht meiner körperlichen Situation nicht verwunderlich ist. Zumindest war ich stets bemüht! Einerseits bin ich etwas wehmütig, weil mir der Sommer ein Freiheitsgefühl gibt, aber andererseits ist es auch an der Zeit, mich wieder anderen Dingen zu widmen.

Waldemar war von März bis Oktober Outdoor-Sportler. Rudern, Tauchen, Drachenboot- und Motorradfahren nahmen seine Freizeit in Anspruch. Im Winterhalbjahr konnte er ohne Probleme auf den Indoor-Modus schalten und trainierte zweimal wöchentlich im Fitnessraum und ging zum Schießen oder nahm an Turnieren teil. In den letzten 3 Jahren machte ich mir unglaublich große Sorgen um ihn, wenn er trotz Chemo und Bestrahlung unterwegs war. Heute bin ich froh, dass er alles gemacht hat, denn es hat ihm geholfen, durchzuhalten und ihn motiviert, nicht aufzugeben. Meine Wertschätzung für seine Kameradschaften und Freundschaften, die ihn während seiner Krankheit getragen haben, ist unermesslich.

In dieser Zeit war ich nicht in der Lage, meine ehrenamtlichen Engagements und Hobbys aufrechtzuerhalten. Es war mir nicht möglich, abzuschalten. Der Krebs als Bedrohung und diese ständige Angst waren allgegenwärtig. Bis jetzt fällt es mir schwer, wieder anzuknüpfen, weil mich diese Zeit verändert und geprägt hat. Vielleicht hilft mir der Herbst, neue Wege einzuschlagen. Ein Weg hat mich ja bereits ins Fitnessstudio geführt. Dort hatten wir früher einige Jahre gemeinsam trainiert. Gestern war ich das erste Mal wieder da und habe mich an den Geräten einweisen lassen. Vieles wusste ich noch und es hat mir richtig Spaß gemacht, obwohl ich heute einen leichten Muskelkater habe. Unter all den jungen Bodybuildern kam ich mir vor wie deren Mutti, die versucht, ihre Cellulite zu bekämpfen. Stimmt ja eigentlich auch, denn Bindegewebe ändert sich durchs Abnehmen und zeigt Symptome wie „Winkeärmchen". Alles bewegt sich, wenn man sich bewegt, aber ich versuche, das Beste daraus zu machen in diesem Herbst, und winke ab jetzt nur noch wie die Queen.

Waldemar fand mich immer schön und das hat meinem weiblichen Selbstbewusstsein geschmeichelt. Er war ein Charmeur und hat mich geliebt, wie ich war. Ich glaube, er wäre jetzt sehr stolz auf mich, dass ich nicht aufgebe und mich gehen lasse. Allerdings fehlt mir sein Feedback und besonders seine Liebe.

Veränderung

Was passiert eigentlich, wenn wir uns äußerlich verändern? Wie unterschiedlich die Wahrnehmung einer Person ist, kommt scheinbar nur darauf an, in welchem Verhältnis man zueinander steht.

Meine Schwester war da und kaum stand sie in der Tür, hat sie sich besorgt über meine äußere Erscheinung echauffiert. Zu ihrer Verteidigung muss ich sagen, dass ich tatsächlich aussah, als hätte ich den Roten Kreuz-Altkleidercontainer überfallen. Ich war gerade dabei, meine Garderobe anzuprobieren und zu groß gewordene Kleidungsstücke auszusortieren. Jetzt stand ich da, in einem bunten Hippie-Outfit, natürlich zu groß, und dazu kam noch, dass ich kurz vorher frisch geduscht aus dem Fitnessstudio mit ungestylten Haaren nach Hause gekommen bin. Obwohl ich zu Hause schon sehr leger herumlaufe, sah ich doch etwas grotesk aus. Eigentlich sollte es mir egal sein, denn zu Hause ist kein Catwalk und jeder kann herumlaufen, wie es ihm passt. Was aber der ganzen Situation eigentlich die Komik genommen hat, waren ihre Kommentare bezüglich meines

Gewichtsverlustes. Ja, es sind jetzt 20 kg und man sieht es.

Die letzten Wochen habe ich nur Komplimente für mein neues Aussehen bekommen, aber es geht nicht um mein Aussehen, was ehrlich gesagt doch ein sehr schmeichelhafter Nebeneffekt ist. Es geht um meine Gesundheit und nur durch die Ernährungsumstellung habe ich eine Chance, langfristig gegen den drohenden Diabetes anzukämpfen. Außerdem werde ich, falls ich alt werden sollte, niemanden haben, der sich um mich kümmern wird. Ich werde jetzt diese Chance nutzen, so lange wie möglich unabhängig und selbstständig zu bleiben und niemandem zur Last zu fallen.

Zurück zur Frage: Was passiert, wenn wir uns verändern? Dem geht ein langer innerlicher Prozess voraus, in dem wir uns mit unserem aktuellen Leben auseinandersetzen müssen. Ich kann schließlich nicht in der Vergangenheit leben und an alten Dingen festhalten. Das passt jetzt und funktioniert auch nicht mehr. Es ist gelebte Zeit und gelebtes Leben und Waldemar ist ein sehr großer Teil davon. Auch wenn das alles ein sehr schmerzhafter Prozess ist, mein Leben ohne ihn weiterleben zu müssen, bin ich doch stolz auf mich, wie ich die letzten Monate mein Leben auf die Reihe bekommen habe. Außerdem bin ich davon überzeugt, dass ich ihm rein optisch sehr gut gefallen würde.

Politikgen

Der erste Parteitag seit 3 Jahren liegt hinter mir und das mitten im Wahlkampf. Aber noch brauche ich mein persönliches Stimmungsbarometer, ob ich mich überhaupt wieder politisch engagieren möchte. Es muss schon passen und nach meinen Erfahrungen ist es für jemanden wie mich, die sehr emotional und leidenschaftlich ist, besonders schwierig, sich wieder einzugliedern. Dazu kommt, dass ich innerparteilich als sehr kritisch bekannt bin. Das sollte eine Partei aushalten, denn meine Loyalität ist ungebrochen. Es muss an meinen amerikanischen Genen liegen. Meine Tante, „der General", ist eine sehr politische Person und ist unglaublich stolz darauf, dass ich dieses Gen geerbt habe. Sie ist mit ihren 83 Jahren eine glühende Patriotin und Waldemar war total begeistert von ihrer starken Persönlichkeit. Seinem Charme war sie allerdings auch erlegen.

Doch es geht nicht um amerikanische Politik, obwohl die mir aktuell Anlass zur Sorge gibt. Nein, es geht um die Menschen, egal, wo sie leben, die politisch für Recht und Freiheit kämpfen und sich mit ihrem Land identifizieren. Stolz auf das eigene Land zu sein und es zeigen zu dürfen, ohne in eine rechte Ecke gestellt zu werden. Ich denke, es ist Zeit, aufzustehen, auch wenn ich persönlich im wahrsten Sinne des Wortes noch etwas wacklig auf meinen politischen Beinen bin. Die Stimmung im Land ist ausgesprochen schlecht. Es macht mich ganz krank, dass es Menschen gibt, die noch nicht einmal zur Wahl gehen, aber sich das Recht herausnehmen, sich zu beklagen.

Unsere Regierung hat vor 3 Jahren schwere Fehler in der Flüchtlingspolitik gemacht und jetzt weht der Wind extrem von rechts. Trotzdem gibt es keine Entschuldigung dafür, eine Partei zu wählen, die den Holocaust leugnet und Hitler verherrlicht. Populistische Stimmungsmache, Stammtischparolen und Volksverhetzung sind an der Tagesordnung und auf der anderen Seite die links Orientierten, die mit ihrer Umsonstmentalität und kommunistischen Dogmen gewalttätig unseren Rechtsstaat angreifen. Was haben diese Menschen aus der jüngsten Vergangenheit gelernt? Mir machen die Berichterstattungen im TV auch schlechte Laune, aber ich gehe zumindest wählen, um Einfluss zu nehmen, und lasse die Argumente, dass die da oben sowieso machen, was sie wollen, nicht stehen. Wer nicht wählen geht, braucht mit mir nicht über Politik zu diskutieren.

Wir leben in einer Demokratie und das scheint bei einigen Menschen immer noch nicht angekommen zu sein. Keiner kann allein irgendwelche Entscheidungen treffen. Wir brauchen immer eine Mehrheit.

Menschen in politischen Ämtern und Führungspositionen leisten enorm viel und ich habe Hochachtung vor jedem Einzelnen. Jeder, der schon einmal Vorstandsmitglied in einem Verein war, weiß, welche Verantwortung dahintersteckt.

Waldemar hat mich immer motiviert, wieder in die Politik einzusteigen, aber seine Erkrankung hat mich davon abgehalten, weil er wichtiger war als meine politischen Interessen. Ich bin froh, dass ich mich in dieser Zeit nur auf ihn konzentriert habe. Jetzt stehe ich wieder vor der Entscheidung, ob ich bereit bin für diesen Zirkus, aber das werden die nächsten Wochen und Monate zeigen.

Apfeltage

Noch 6 kg bis zum Zielgewicht und was sind diese läppischen 6 kg in Relation zu den 23 kg, die ich im Programm abgenommen habe. Dazu kommen noch 10 kg, die ich seit 2016 abgenommen habe. Allerdings sind die letzten 3 Monate echt Hardcore. Das lustbefreite Essen macht auf Dauer nicht glücklich, obwohl ich körperlich keine Essgelüste verspüre, so ist doch die mentale Genusssucht immer noch da. Es wird ein lebenslanger Kampf werden, aber ich werde es schaffen und hoffe, dass die Software in meinem Gehirn mit dem neuen Fressprogramm endgültig überschrieben wird.

Waldemar hatte immer Gewichtsprobleme, aber er nahm auch immer sehr schnell ab. Das war frustrierend für mich, weil ich stets mit ihm diätet habe. Erst der Krebs hat seinen lebenslangen Kampf gegen das Übergewicht gestoppt. Jetzt musste er kämpfen, nicht abzunehmen, und er war sehr unglücklich und weinte, wenn er nichts runter bekam. Für uns beide war es hart, weil sich sein Geschmack verändert hatte. Auch sein Geruchssinn wurde durch die Behandlungen empfindlicher.

Einladungen und Essen gehen waren eine Qual für ihn. Der Krebs hatte alles verändert und ich spüre immer noch diese Nebenwirkungen in meiner Seele, mit denen ich mich auseinander setzen muss. Natürlich hat das meine Einstellung zu meiner aktuellen Ernährungssituation stark beeinflusst.

Für die Zukunft gibt es aber noch ein Notprogramm. Das sind die so genannten Apfeltage. Das sind Tage an denen man insgesamt 5 grüne Äpfel über den Tag verteilt essen darf. Sonst nichts, aber es gibt keine andere Option, falls man tatsächlich mal gesündigt hat. Damit reduziert man sein Gewicht, um es langfristig halten zu können. Ich musste schon 2 Apfeltage einlegen und man kann gut damit leben.

Trotzdem ist heute ein Scheißtag. Angefangen hat er damit, dass ich schon um 5 Uhr früh wach geworden bin. Ich schlafe schlecht in den letzten Tagen, weil ich mir Sorgen um mein Kind mache. Mutterherz ...

Dann wollte ich mich anziehen. Nachdem ich frisch geduscht meinen Kleiderschrank öffnen wollte, brach der Schlüssel im Schloss ab. Zum Glück hatte ich noch eine Jeans und ein Shirt im Wäschekorb liegen, ansonsten wären die Alternativen Pyjamas oder Abendgarderobe gewesen. Es war noch früh und dunkel draußen und ich hatte einen Termin. Ich war so wütend, aber auch traurig, denn Waldemar hätte mir den Schrank öffnen können und das Bewusstsein, dass er mir an allen Ecken und Enden in meinem Leben fehlt, war wieder extrem deprimierend. Ich komme mir in vielen alltäglichen Situationen sehr hilflos vor. Zum Glück war ein lieber Freund und Nachbar zur Stelle und konnte den Schrank unbeschadet öffnen. Er hätte eigentlich fast diesen Tag gerettet, doch dann kam ein Anruf, dass Waldemars Tante gestorben ist. Sie war zwar 92, aber ein liebenswerter und gutmütiger Mensch und ein gnädiger Tod hat sie ereilt. Egal, wie alt jemand ist, bleibt es traurig, wenn ein Mensch stirbt und Waldemar hatte seine Tante sehr gern gehabt und ich weiß, wie traurig es ihn gemacht hätte.

Doch noch nicht genug der schlechten Nachrichten. Mein lieber Klassenkamerad, der mit einer Cousine von mir verheiratet ist, muss palliativ versorgt werden. Alle Erinnerungen kommen zurück und mein Mitgefühl ist unendlich für alle, für das, was ihnen bevorsteht. Scheiß Krebs!

Ich werde jetzt ein Glas verbotenen Rotweines trinken und ich schäme mich nicht für diese akute Schwäche. Alles macht mich gerade so traurig und dass ich mit niemandem meine Sorgen teilen kann. Waldemar wäre zwar auch traurig, aber geteiltes Leid ist halbes Leid, sagt man. Mein Leid wiegt jetzt doppelt, da helfen auch keine Apfeltage.

Freud und Leid

Ein desaströses Ergebnis für meine Partei bei der Landtagswahl. Mitleid mit den Verlierern, aber auch tiefe Enttäuschung. Ein politisches Update ist dringend erforderlich, personell und inhaltlich. Trotzdem halte ich an meiner Partei fest und an mein altes Motto: Wahlkampf ist immer!

Letzte Woche wurde Waldemars Tante würdevoll verabschiedet und der Gang in die Friedhofskapelle fiel mir leichter als gedacht. Die Erkenntnis, dass wir unsere Verstorbenen so liebevoll bis zum Grab begleiten, ist ein Trost und schließlich wiegt gemeinsames Leid leichter. Der Schmerz bleibt und kommt immer wieder in regelrechten Schüben, wie eine chronische Erkrankung. Irgendwie lernt man, damit zu leben und umzugehen.

So ergeht es mir auch aktuell auf körperlicher Ebene mit meinem operierten Fuß. Ich war zur Kontrolle und die Prognose auf eine Wiederherstellung der Mobilität war eher unbefriedigend. Was habe ich erwartet? Eigentlich, dass der Zustand nach der OP besser wird und es ja auch geworden ist. Doch was habe ich gelernt in den letzten Monaten? Nichts wird mehr so, wie es einmal war. Natürlich bin ich froh, dass ich wieder einigermaßen laufen kann, und ich muss dankbar sein, dass es noch Hoffnung auf Besserung gibt. Ich habe sowieso keine andere Wahl, also lasse ich mich auf alles ein, was kommt, denn ich habe eh keine andere Chance. Entweder verzweifele ich am Leben oder ich akzeptiere die Veränderung als Entwicklung.

Doch es gibt auch die guten Tage und ich lasse die Freude dankbar zu, die sie mir bringen. Mich mit Familie und Freunden zu treffen gehört dazu. Jeder Mensch hat sein eigenes Päckchen zu tragen, mit diesen schweren Tagen im Leben, und dieses Bewusstsein hilft mir, mit meiner eigenen Situation zurechtkommen. Freud und Leid gehören zu unserem Leben. Sie liegen so nah beisammen und berühren uns so tief und unvergesslich. In unserer Erinnerung können wir lachen und weinen, wenn wir an Situationen aus der Vergangenheit zurückdenken.

Waldemars Bild hängt im Wohnzimmer und er schaut immer auf mich herab und weckt die unterschiedlichsten Emotionen in mir. Soviel Liebe und soviel Schmerz lassen mein Herz überlaufen. Dann denke ich darüber nach, wie es ihm wohl ergehen würde, wäre er an meiner Stelle. Niemals hätten wir uns vorstellen können, wie es ist, ohne einander zu sein. Es ist wie der Spruch in den Trauerkarten, das man dankbar sein soll über das Gehabte und dass diese Dankbarkeit den Schmerz über das Verlorene irgendwann besiegt. Irgendwie muss man sich mit Freud und Leid arrangieren, denn einer von beiden lauert an jeder Ecke.

Ponyhof

Eine gute Woche liegt hinter mir und ich will zufrieden sein mit dieser Tatsache. Ich kämpfe zwar bilateral immer noch an anderen Fronten, aber das müssen andere Menschen schließlich auch. Bekanntlich ist das Leben ja kein Ponyhof.

Letztes Wochenende hatte ich Gäste und danach einen zusätzlichen Kater zu bezwingen, aber wir hatten Spaß. Zum Wochenstart gab es eine wunderbare Behandlung meines Revuekörpers durch meinen Freund und Physiotherapeuten, der eine neu erlernte Methode erfolgreich an mir angewandt hat. Ich gebe mir zwar regelrecht Mühe, diesen Körper im Fitnessstudio zu ertüchtigen, und wäre schon froh, wenn ich die Winkeärmchen in Engelsflügel verwandeln könnte. Das hört sich nicht so negativ an, sieht aber genauso schlaff aus. Komme aber, während meiner Bodystyling-Versuchsreihe, mit netten Leuten ins Gespräch. Es gab viele intensive Gespräche mit Freunden, einen Fußpflege- und Frisörtermin. Komplettes Schönheitsprogramm für innen und außen. Dann gab es noch eine Einladung zum Schlachtessen von Waldemars Jahrgangskameraden. Ich war aber sehr vernünftig und habe fast alle Regeln eingehalten und nichts zugenommen. Ich hatte meinen jährlichen Krebsvorsorgetermin bei meiner Gynäkologin, die sich sehr viel Zeit für mich genommen hat, als sie von Waldemars Tod erfahren hat. Seit über 25 Jahren bin ich ihre Patientin und irgendwie sind wir gemeinsam älter geworden. Sie hat mir Mut gemacht und ich bin ihr so dankbar für das Vertrauen und Verständnis, dass in diesen Tagen in vielerlei Hinsicht meiner Witwensituation entgegengebracht wird.

Zum Abschluss der Woche bin ich mit meinen Freundinnen ins Kino gegangen. Wir haben uns Bohemian Rhapsody angeschaut und waren total begeistert. Alles um mich herum konnte ich während des Films vergessen und die Musik von Queen hat mich getragen und berührt. Waldemar war ebenfalls ein Fan von Queen gewesen, denn er liebte Rockmusik. Er hätte die Story toll gefunden und ich hoffe, Freddie gibt da oben Konzerte und singt: Love of my Life ...

Apropos Himmel ... himmlisch war auch das klassische Konzert in der Alten Oper in

Frankfurt, zu dem ich von meinen besten Freunden eingeladen worden war. Ich habe diesen Abend so unglaublich genossen und er wird zu den Highlights in meinem Leben zählen.

Interessant war auch mein Erscheinen auf der Geburtstagsfeier meiner Schwester. Ich wurde teilweise nicht erkannt. Meine Schwester hätte mich eigentlich als eine neue Schwester vorstellen können. Auf eine Schwester mehr oder weniger kommt es schließlich auch nicht mehr an ...

Das Leben ist tatsächlich kein Ponyhof, aber diese Woche kam ziemlich nah dran für meine Verhältnisse.

In Liebe und Dankbarkeit

Das erste Jahr ohne Waldemar neigt sich dem Ende zu. Nächste Woche ist sein erster Todestag. Unfassbar! Wie habe ich dieses Jahr eigentlich überstanden? Ich glaube, es sind tatsächlich die Liebe und die Dankbarkeit in den unterschiedlichsten Formen, die mich durch das bisher schwerste Jahr meines Lebens getragen haben. Ich vermisse Waldemar mehr denn je und werde es wohl bis an mein Lebensende tun. Fast 40 Jahre hat er mir seine Liebe und Fürsorge geschenkt. Das erfüllt mich mit großer Dankbarkeit und macht dieses Lebensgeschenk so unendlich kostbar. Aber auch die Liebe und das Verständnis, dass mir meine Familie, unsere Freunde, Kameraden und auch Nachbarn entgegengebracht haben und immer noch bringen, ist ebenso kostbar und macht mich demütig. Insbesondere letzten Sonntag, als mich meine Familie und meine besten Freunde zum Gedenkgottesdienst am Totensonntag in die Kirche begleitet haben, als für Waldemar vorgelesen wurde und eine Kerze zum Gedenken an ihn entzündet wurde. Danach haben wir alle gemeinsam den Sonntag verbracht.

Letzte Woche haben meine Schwester und mein Schwager ihren Einstand in der Nachbarschaft mit einem Hoffest gefeiert und alle Nachbarn dazu eingeladen. Ein gemütliches, schönes Fest und alle haben Waldemar vermisst. Er hätte es bestimmt genossen und irgendwie war er ja auch dabei. Es gibt jede Menge Einladungen und Veranstaltungen im Advent und immer wird gegessen und getrunken. Das ist eine echte Herausforderung für mich, aber ich habe es ganz gut im Griff. Schließlich habe ich mein Zielgewicht erreicht und immerhin 30 Kilo verloren. Im neuen Jahr starte ich ein Erhaltungsprogramm und werde zukünftig monatlich kontrolliert. Das ist auch gut so!

Die Reaktionen auf meine äußerliche Veränderung sind meist positiv. Allerdings scheint es einige Mitmenschen zu irritieren. Leider habe ich mich selbst noch nicht daran gewöhnt und kaufe mir zu große Klamotten. Ich brauche wohl auch noch etwas Zeit, mich wahrzunehmen und selbstbewusster damit umzugehen.

Mir kommt der Song von Aretha Franklin in den Sinn: You make me feel like a natural woman. Dieses Gefühl hat Waldemar mir immer gegeben und ich habe mich geliebt gefühlt, trotz all meiner Rundungen und Speckröllchen.

So habe ich beschlossen, an seinem Todestag eine kleine Gedenkfeier abzuhalten. Bei uns zu Hause, wo er gelebt hat und gestorben ist. Wo wir alle zusammen gelacht und geweint haben. Deshalb habe ich unsere Familie und unsere engsten Freunde dazu eingeladen, mit mir gemeinsam, ohne Drama, an Waldemar zu denken und auf das Leben in Liebe und Dankbarkeit anzustoßen. Es wird ein schwerer Tag, aber Waldemar wird bei uns sein. Mit all seiner Liebe, seinen Eigenheiten und seinen Geschichten, die uns oft zum Lachen gebracht haben und ihn unvergessen machen.

Abschied

„ Jeder Atemzug hängt am seidenen Faden, nur so lang, bis wir da sind ..., ich will keine Winter mehr ..."

Waldemars erster Todestag und mir fällt dazu diese Liedzeile von Tim Bendzko ein. Der seidene Faden, ich habe ihn gesehen, gespürt und gehört, wie er gerissen ist. Morgens um 5.20 Uhr, nach stundenlangem Todesrasseln, so nennt man die Atmung kurz vorm Sterben. Dann ein letztes tiefes Ausatmen und ich glaube, die Seele verlässt in diesem Moment den Körper. Ich habe es zumindest so empfunden. Der Körper, der dort lag, erlöst von allen Qualen, doch schwer gezeichnet vom langen Todeskampf und der Krankheit. Waldemar sah aus wie ein Fremder und es war ein schrecklicher Anblick. Pauli, der auf seinen Beinen lag, ist instinktiv, eine Minute bevor Waldemar starb, vom Pflegebett gesprungen. Dann riss der seidene Faden.

Ich wusste, dass er an diesem Tag sterben würde. Es war der Geburtstag seines Vaters und 3 Tage zuvor habe ich meine verstorbenen Schwiegereltern an Waldemars Bett sitzen sehen. Sie haben auf ihn gewartet und ich habe es ihm erzählt, dass sie ihn empfangen werden, um ihm die Angst zu nehmen. Vielleicht habe ich mich damit auch nur selbst getröstet.

Dann habe ich mich von ihm verabschiedet in der Stille und Intimität unseres Zuhauses, bevor ich das Palliativ Care Team, seine Ärztin und unsere Bestatterin benachrichtigte. Unser treuer Freund und Physiotherapeut kam dann um 6 Uhr, um Waldemar eigentlich behandeln zu wollen. Er hatte ihn bereits die ganze Woche mehrmals täglich behandelt und es hat Waldemar so gut getan. Anfangs konnte er das noch ausdrücken und man hat regelrecht gespürt, wie ihn die Behandlungen und die Aufmerksamkeit unseres Freundes entspannt und beruhigt haben. Doch auch mir hat dieser Akt der Nächstenliebe sehr gut getan und meine Wertschätzung für diesen Freundschaftsdienst ist unermesslich. Eigentlich war er die ganze Woche, die Waldemar zu Hause lag, bis spät in die Nacht bei uns und einmal sagte er zu mir: „ Du weißt schon, dass alle Waldemar lieben?" und grinste mich dabei an. Ich wusste das

Waldemar „Everbody`s Darling" war, deshalb nannte ihn meine Schwester auch immer scherzhaft „Arschtörtchen". Trotzdem fragte ich: „Was willst du mir damit sagen?" Er antwortete nur: „Du bist anders." Ja, er hat recht, ich bin anders, aber ist das nicht jeder Mensch? Waldemar liebte meine direkte Art und nur das war wichtig. Nicht jeder muss mich mögen oder lieben. Hauptsache, die Richtigen tun es und die wissen: Wenn ich liebe, dann mit Leib und Seele.

Waldemars Körper zerfiel sehr schnell. Der Krebs hatte ihn von innen regelrecht aufgefressen und verbrannt. Sein Körper war nur noch Haut und Knochen, das Gesicht eingefallen und wächsern. Drei Tage zuvor hatte ich begonnen, ihm alle 4 Stunden Morphium und Schmerzmittel zu spritzen. Es gab keine fleischige Stelle mehr an seinem Körper, um die Nadel einzustechen. Bei jeder Spritze, die ich ihm verabreichen musste, habe ich mich bei ihm entschuldigt und geweint. Mit jeder Spritze hat er sich weiter von mir entfernt und als ich dann nachts um 2 Uhr die letzte Spritze setzte, begann das Todesrasseln. Entsetzt fing ich an laut zu beten, tränenüberströmt habe ich Gott gebeten, ihn zu erlösen. Wir haben beide gekämpft und beide verloren. Ich habe ihn verloren und mein bisheriges Leben.

Winter

Normalerweise schaue ich mir keine TV-Shows an, aber gestern Abend bin ich bei einer Benefiz Gala für Kinder hängen geblieben. Ich war sowieso schon relativ deprimiert und die Beiträge in der Sendung haben mir den Rest gegeben. Ich habe mich schon fast geschämt, wegen meiner eigenen Situation, die in Relation zu den Themen wie Kinderarmut, schwere Erkrankungen und herzzerreißende Schicksale belanglos und normal ist. Wir sind alle so privilegiert und alles ist so selbstverständlich, dass wir diese Schattenseiten einfach verdrängen. Viele spenden aus ihrem schlechten Gewissen heraus, aber gesellschaftliche Verantwortung zu übernehmen geht den meisten Leuten dann doch zu weit. Ich bin in meinen Ehrenämtern mit einigen Kinderschicksalen konfrontiert worden und habe immer versucht, mit meinem Engagement hilfreich zu sein und darüber hinaus zu bleiben.

Waldemar hat mich diesbezüglich immer unterstützt und war stets großzügig. Ich hatte das Glück, mit diesem Mann gesegnet zu sein. Jeder will glücklich sein, aber das ist nicht immer möglich. Ich möchte einfach nur zufrieden sein und wenn das funktioniert, dann bedeutet das wohl Glück.

Weihnachten steht bevor und alle Welt ist gerade wieder mal am Durchdrehen. Konsum und Kommerz, mehr ist es doch für die meisten nicht. Termine, Feiern, endlose Shopping- Touren und Weihnachtsmärkte stehen für Stress, Müdigkeit und Erwartungshaltungen. Jeder spricht von Besinnlichkeit in einer Welt, in der die Werte verloren gehen. Waldemar und ich haben schon vor Jahren beschlossen, Weihnachtsgeschenke abzuschaffen und die Zeit mit lieben Menschen zu verbringen. Zeit ist das Kostbarste, was wir schenken können, und im Rückblick war und ist das unser größter Schatz.

Ein langes und schweres Jahr der Trauer liegt hinter mir. Ich weiß nicht, wie ich es überstanden habe, aber es ist einfach so weitergegangen, ob ich wollte oder nicht. Für diesen einen Moment vor einem Jahr ist mein Leben einfach stehen geblieben, hat sich aber sofort und unaufhaltsam weitergedreht, obwohl ein Teil von mir mit Waldemar verschwunden ist.

Ich habe von ihm geträumt, exakt an dem Tag, als er letztes Jahr aus dem Krankenhaus zum Sterben entlassen wurde. Es war der Nikolaustag. Im Traum saß er neben mir, allerdings konnte ich sein Gesicht nicht sehen. Alles war so vertraut und ich fragte ihn, warum er mich verlassen hat. Er sagte nur: „Mir geht es jetzt besser. Komm, lass uns ein paar Schritte gehen." Das taten wir und dann küsste er mich, wie zum Abschied, und verschwand. Ich bin aufgewacht und habe geweint. Es war, als hätte ich ihn ein zweites Mal verloren, und doch war ich froh, zu wissen, dass es ihm gut geht. Wie eine Botschaft aus dem Jenseits, die mir sagt, dass ich mir keine Gedanken um ihn machen und nicht traurig sein soll.

Das erste Jahr ohne Waldemar hat mich verändert, innerlich und äußerlich. Nichts wird jemals mehr so sein wie es einmal war. Ich möchte nicht im Gestern leben, die Gegenwart ist allerdings einsam, hart, kalt und die Zukunft macht mir Angst. Ich komme mir vor wie ein Baum im Wandel der Jahreszeiten, zwar mit starken Wurzeln, aber nach diesem langen, sehr trockenen Jahr liegt die härteste Zeit noch vor mir. Meine Seele ist am Verdursten, denn Menschen brauchen Liebe wie Pflanzen das Wasser und die Sonne. Vielleicht bin ich selbst schon im Winter meines eigenen Lebens angekommen, doch immerhin bleibt mir die Hoffnung, im nächsten Frühling wieder auszutreiben und erneut erblühen zu können.

Zeitfracht Medien GmbH
Ferdinand-Jühlke-Straße 7
99095 Erfurt, Deutschland
produktsicherheit@kolibri360.de